Monsieur Vénus

The MLA series Texts and Translations was founded in 1991 to provide students and faculty members with important texts and high-quality translations that otherwise would not be available at an affordable price. The books in the series are aimed at students in upper-level undergraduate and graduate courses—in national literatures in languages other than English, comparative literature, literature in translation, ethnic studies, area studies, and women's studies.

RACHILDE

Monsieur Vénus
Roman matérialiste

Edited and introduced by
Melanie Hawthorne and Liz Constable

The Modern Language Association of America
New York   2004

MLA and the MODERN LANGUAGE ASSOCIATION are trademarks owned by the
Modern Language Association of America. For information about obtaining permission
to reprint material from MLA book publications, send your request
by mail (see address below) or e-mail (permissions@mla.org).

Library of Congress Cataloging-in-Publication Data

Rachilde, 1860–1953.
Monsieur Vénus : roman matérialiste / Rachilde ; edited and introduced by
Melanie Hawthorne and Liz Constable.
pages cm. — (Texts and translations. Texts ; 15)
Text in French, with introductory and critical matter in English.
Includes bibliographical references and index.
ISBN: 978-0-87352-929-7 (pbk. : alk. paper)
I. Hawthorne, Melanie. II. Constable, Liz. III. Title. IV. Series.
PQ2643.A323M62   2004
843'.912—dc22   2004019304

Texts and Translations 15
ISSN 1079-252X

Cover illustration: Photo of French female figure modeled
in wax. Wellcome Library, London.

Fourth printing 2017

Published by The Modern Language Association of America
85 Broad Street, suite 500, New York, New York 10004-2434
www.mla.org

TABLE OF CONTENTS

Acknowledgments
vii

Introduction
ix

Suggestions for Further Reading
xxxv

Principal Works by Rachilde
xxxvii

Note on the Text
xli

Monsieur Vénus: Roman matérialiste
1

ACKNOWLEDGMENTS

Many people offered thoughtful help and comments that have contributed to the text and translation Rachilde volumes. We would like to acknowledge in particular the work of the MLA Texts and Translations series board. English Showalter did much to improve all aspects of our work and especially the introduction. We are also grateful to the readers of the manuscript, who provided valuable insights and feedback. We owe a great debt to Christian Laucou, who allowed us access to his authoritative but unpublished bibliography of Rachilde's works and who supplied invaluable information about the different editions of *Monsieur Vénus*.

Our thanks to Texas A&M University—especially to its College of Liberal Arts, its Glasscock Center for Humanities Research, its Women's Studies Program, and its Modern and Classical Languages Department—for various research awards that supported the preparation of this work over a number of years. And as always, some things would not be possible without the support of writing groups—you know who you are.

We also thank the University of California, Davis—the Davis Humanities Institute; the Division of Humanities, Arts, and Cultural Studies; and the French and Italian Department—for research support to work on this project. Finally, we thank the UC Davis graduate students for their enthusiasm about the project and for their thoughtful and germane ideas about the project while it was a work in progress: Laura Ceia, Meredith Dutton, Tina Kendall, Kristin Koster, and all the students in Liz Constable's spring 2001 graduate seminar on nineteenth-century Pygmalion narratives.

—*Melanie Hawthorne and Liz Constable*

INTRODUCTION

Rachilde: A Decadent Woman Rewriting Women in Decadence

A century ago Rachilde's pivotal role among the Parisian intelligentsia was undisputed. Rachilde was a successful, widely read author and a critical conduit and mediator of the aesthetic and intellectual ideas of the time. While her salon brought together aspiring fin de siècle writers and artists, her husband, Alfred Vallette, edited the highly influential literary review *Le Mercure de France*, and she was active in the circles around him.[1] As the only woman writer to contribute to Anatole Baju's journal *Le décadent* (1886–89), alongside Paul Verlaine, Arthur Rimbaud, Stéphane Mallarmé, and Paul Adam, she seemed to have secured her place in literary history. But by the time of her death a half century later, in 1953, her work had slipped into obscurity. It has required the recent turn of the twentieth century, along with a scholarly focus on critical comparisons between the two last fins de siècle, to recognize the importance of her work once again.

The writer who became known to the world as Rachilde was born Marguerite Eymery in 1860, the only daughter of a career military officer, Joseph Eymery, and his wife Gabrielle, née Feytaud. Both parents were originally from the Périgord, a region in southwest central France, and it was in a small town just outside the provincial capital, Périgueux, that Marguerite was born. She spent the first decade of her life, however, following her father from town to town around France as his regiment changed garrisons, an experience that is often invoked in her fiction. The Franco-Prussian war of 1870 put an end to this peripatetic existence, and thereafter Marguerite returned to her birthplace to spend her formative years at the family home of Le Cros just outside the village of Château-L'Evêque.

During these years with her family, Marguerite witnessed and experienced the impact of prevailing cultural values about the sex/gender system. First, the very fact that she was a girl met with her parents' disappointment; they did not attempt to hide their desire for a son. Disregard for women was reiterated through her father's verbal and physical abuse of both mother and daughter, as Rachilde frequently recorded in both memoir and fiction. Finally, as an only child with an increasingly unstable mother,[2] Marguerite was often burdened with household responsibilities beyond her years.[3] She reacted by adopting a rebellious persona. Exploiting her parents' interest in spiritualism, she legitimated her authorial voice by channeling other voices. Marguerite's teenage survival strategy, fueled by a strong imagination, showed her to be skillful in inventing ways to elude otherwise constraining and censuring power structures and to give herself "room for maneuver" to become a writer.[4] This skill appears in many of her novels, where female protagonists eschew direct modes of resistance or opposition to stifling power structures in favor of more subtly seductive and yet corrosive (per)versions of the discourses of masculine power (see *La marquise de Sade* [1887] and *La jongleuse* [1900] for examples). This strategy allowed her to appropriate the darkly misogynist topoi of decadence, such as powerful and cruel female figures, and to maintain personal affiliations with male decadent writers, while simultaneously turning around the gendered gaze of decadence to disclose, from the perspective of a woman writer, the ideologies mediating the female figures and forms of decadence.[5]

Marguerite Eymery adopted the name Rachilde from a Swedish nobleman for whom she claimed to act as medium. At first the spirit voice merely served as an alibi for her writing—he dictated stories to her in seances, she asserted. This ploy enabled her to overcome her parents' resistance to her writing. After a few short stories that appeared above the initials M. E. beginning in 1877, the aspiring author published her early work (mostly short stories and serial novels in regional newspapers) under the pseudonym Rachilde, but she gradually assumed this identity permanently and became known as Rachilde for the rest of her life. Her father considered writing an extremely inappropriate activity for a middle-class girl. He also feared that his daughter would perpetuate the legacy of her maternal grandfather, who was a successful journalist and newspaper publisher but in Joseph Eymery's eyes one of those hacks ("des plumitifs") he claimed to despise. But if her father believed that marriage was the only legitimate route to his daughter's emancipation, it is debatable how much he actively opposed her writing. A similar ambivalence, yet differently motivated, marks her mother's attitude toward a daughter-writer. Gabrielle offered her daughter no emotional support or compassion but did provide a legitimate genealogical link to a tradition of writers, one whose details Rachilde embellished in her self-dramatizing autobiographical texts.[6] Indeed, Gabrielle escorted her daughter to Paris while Marguerite/Rachilde was still a minor, arranged for her to meet literary figures, and introduced her to her Paris connections.

In Paris of the 1880s, Rachilde quickly became one of the only women writers in a series of avant-garde literary circles dominated by young rebels reminiscent of their Romantic predecessors of the 1830s, whose exuberance and excesses had prompted Théophile Gautier's satirical account in *Les Jeunes-France* (1833). Grouped in ephemeral clubs with provocative names— the Hydropaths, the Hirsutes, the Zutistes (from *zut*), the Jemenfoutistes (from *je m'en fous*), and the Incohérents— they explored paths to alternative realities through altered states of consciousness, linguistic experimentation, and erotic transgressions. In rejecting the positivistic and naturalistic tendencies in contemporary aesthetic movements, they searched instead for metaphysical ideals inspired by various forms of mysticism: Baudelairean *correspondances*, occultism, hypnotism, and spiritualism. From these diverse factions emerged the writers associated with decadence and symbolism at the turn of the century. Maurice Barrès's connection to Rachilde deserves special notice (see Finn). Dandified aesthete in the 1880s, then anti-Semitic nationalist in the 1890s, Barrès wrote a trilogy of novels, *Le culte du Moi* (1888–91), that valorized cultivation of the self in vigorous dissent to the sociopolitical milieu of democratic France in the newly formed Third Republic. He dubbed Rachilde "Mademoiselle Baudelaire," suggesting that she was a legitimate decadent heir of the Baudelairean aesthetic legacy. In 1889 he wrote a preface to a new (French) edition of her *Monsieur Vénus* that somewhat complicates the praise offered in the nickname Mademoiselle Baudelaire.

In this preface, in lieu of a literary-critical appreciation of Rachilde as a writer, he approaches her text with the diagnostic gaze of a doctor, attributing the bold thematic content of the novel to Rachilde's disorders—nervous exhaustion and perverse instincts—rather than to artistic skills.[7] And yet, while Barrès's preface treats Rachilde's text as the manifestation of a degenerate mind and body (as Max Nordau was to do in general in his influential work *Degeneration* in 1892), this portrait was certainly not unwelcome to the author. As a skillful manipulator of social codes to her own ends and as an indomitable self-promoter of her life as worthy of fiction, Rachilde no doubt considered Barrès's preface an important publicity coup that advanced her career.

Barrès's perspective on Rachilde brings into focus the apparent incongruity of her work within the decadent orientation adopted by other, almost exclusively male, fin de siècle writers. Both Rachilde and Joris-Karl

Huysmans borrowed the decadent topos of the Belle Dame sans Merci from the Baudelairean tradition but with different results. *Monsieur Vénus* turns the coldly indifferent, sterile, and cruel figure of Baudelaire's ideal beauty to different ideological ends. Rachilde appropriated Baudelaire's legacy of representing women as split into two sharply contrasting types: on the one hand, idealized woman-beauty as artifice and artifact; on the other hand, organic, embodied woman, monstrously insatiable in her sensual appetites, a degenerate and disease-bearing body.[8] But she rewrote and regendered the male decadent gaze that split woman into a costumed, made-up, bejeweled, inorganic, and inanimate representation of beauty (woman as work of art) and the unadorned person of corporeal appetites. Huysmans also adopts this construction but merely elaborates and develops its duality using the perspective of his male protagonist Des Esseintes in *A rebours*. This novel—published, like *Monsieur Vénus*, in 1884—is widely accepted as the quintessential decadent novel. The divergent fates of the two novels—*A rebours*'s fame as a classic of decadence and *Monsieur Vénus*'s relative obscurity—tell an important tale.

Rachilde published *Monsieur Vénus* in Brussels in 1884. It was not her first novel (*Monsieur de la Nouveauté* in 1880), but it was her first to win celebrity. Judged to be pornographic, it was banned (in Belgium), and Rachilde was condemned to prison (in Belgium). However, notoriety makes artistic reputations, then as now, and Rachilde made savvy use of the publishing conventions of her day.[9] France had long had a vibrant but clandestine industry in pornographic or "gallant" literature, but it was only toward the end of the nineteenth century that taboo erotic subjects could be openly treated in print. In the 1850s, under the Second Empire, writers such as Flaubert and Baudelaire were prosecuted for obscenity in what are now considered literary masterpieces. Yet just thirty years later, Rachilde could follow in their footsteps without prosecution, at least in France, and claim redeeming artistic merit while exploiting a newly legitimized mass taste for prurient themes. In part, the way had been paved by naturalism, which primed a reading public to accept the idea that literature need not depict only what was noble in humanity; indeed, it had an obligation to confront and represent the basest forms of life, provided that they somehow illuminated human experience. Just as important, with regime change came legal reforms: the more liberal Third Republic was secure enough by the 1880s to allow more freedom of the press (enacted in the reforms named for Jules Ferry). Finally, the popular taste for feuilletons (serial novels published by newspapers) that had created a market for sensational literature was now fed by a growing supply of novels that added an aspiration to artistic merit to the popular writers' sensationalizing of naturalist themes.

In the following years, Rachilde played a skillful double game of "art or life" hide-and-seek with her public. She traded on her reputation as an innocent, reserved, virginal young woman who had produced a shocking book. At the same time, she capitalized on Barrès's portrayal of her as a young writer whose life provided the raw material for her scandalous literary works, a strategy evident in her cross-dressing practices. She followed the success of *Monsieur Vénus* with a series of novels that drew on similar themes of nonconformist, nonreproductive sexual practices, novels that raised questions about the multiple possible relations among the sex category assigned at birth, gender expression, and erotic desires: *A mort* (1886); *La marquise de Sade* (1887); *Madame Adonis* (1888); *Le mordu* (1889); *La sanglante ironie* (1891); *Le démon de l'absurde* (1894; a collection of short stories); *La princesse des ténèbres* (1896); *Les hors nature* (1897); *L'heure sexuelle* (1898); *La tour d'amour* (1899); *La jongleuse* (1900); and *Le meneur de louves* (1905).

During these two decades, Rachilde's circle of literary acquaintances grew to include the most influential literary figures of the age: for example, in the 1880s, she briefly gave up her apartment to shelter the then alcoholic and destitute poet Paul Verlaine. Her Tuesday evening salons (*les mardis*) dated from the early 1880s, before she married the printer and would-be novelist Alfred Vallette in 1889. However, thanks to her husband's founding role in the review *Le Mercure de France*, the circle of writers and artists associated with Rachilde and Vallette greatly increased to include Alfred Jarry, Jean Lorrain, Remy de Gourmont, and Aubrey Beardsley, among others. *Le Mercure de France* made its reputation as publisher of the symbolists, before becoming a successful publishing house that still survives. Rachilde continued to hold her salons until 1930 and enjoyed a privileged role as arbiter of literary taste for several decades. Her influence diminished after World War I, with the emergence of a new generation of writers. Still, she was connected to a group of modernist women writers through her acquaintance with Natalie Barney, whose salon attempted to bridge the gap between the largely expatriate Anglophone modernists such as Djuna Barnes and Gertrude Stein and French writers such as Rachilde and Colette.

Rachilde continued to publish novels in the 1920s and 1930s, but her increasingly conservative views—reflected in her adoption of an explicitly antifeminist public stance, her collaboration with the Italian futurist and protofascist F. T. Marinetti, and her scorn for the Popular Front during the 1930s—left her out of touch with the younger generation. With one important exception: she continued to champion certain forms of sexual freedom. She not only depicted same-sex relationships in her novels, such as *Le prisonnier* (1928), which played a role in the public debates about homosexuality in the 1920s, but she also gathered around her a coterie of young, mostly gay, male protégés, whose careers she supported. Though this move was not entirely disinterested—the ability to dispense such magnanimity was highly flattering to her ego—it testifies to her continued engagement with issues of sexual expression in society.

After Vallette died in 1935, Rachilde gradually withdrew from such active involvement. By the time of the Occupation, she was struggling simply to survive. The Nazis mistook her name for a Jewish one and placed her works on the list of proscribed books, which affected sales—her main source of revenue by this time. Despite her generally conservative views, then, there was little temptation to collaborate (her long-standing hostility to Germans precluded such a thing) and not much energy to resist. She turned increasingly to publishing memoirs, such as *Face à la peur* (1942) and *Quand j'étais jeune* (1947), and poetry. She died in 1953.

Monsieur Vénus: Sources, Publication, and Critical Reception

Monsieur Vénus originally appeared as the work of two people: Rachilde and Francis Talman. The identity of Talman remains a mystery. Some people have speculated that he never even existed, but Rachilde claimed she met him while taking fencing lessons and that he agreed to be her coauthor in order to fight any duels that might be provoked by publication of the book. Whether the story is authentic or apocryphal, Talman's contribution to the actual writing was probably minimal, and most subsequent editions of the novel have attributed authorship solely to Rachilde.[10]

Just as she made confusing statements about the authorship of the novel, she offered different accounts of its inspiration at different times and for different audiences. In the preface to her 1886 novel *A mort*, she attributes the idea for *Monsieur Vénus* to amorous transports supposedly triggered by the charms of fellow writer Catulle Mendès. She alleges that her (apparently unrequited) infatuation with him provoked a hysterical, two-month-long paralysis of her legs and that during her convalescence she wrote the novel over a period of two weeks. This account sounds designed to appeal to readers' expectations of further scandalous doings by a hysterical young woman. Barrès's later preface exploited and extended those expectations.

At other times, Rachilde admitted to purely commercial motives for writing *Monsieur Vénus*. On one occasion she supposedly told the following story to a police official, who kept a record of the conversation:

> Un jour, un belge, ami d'un éditeur de Bruxelles, lui [à Rachilde] dit: "Vous mourez de faim. Écrivez donc des 'cochonneries.' Vous verrez, c'est un bon métier, on vous éditera à Bruxelles." On chercha ensemble quelles saletés on pourrait bien trouver nouvelles, imprévues, inédites. Bref, le belge aidant, on trouva *M. Vénus*.

When the policeman said that he did not understand the book, he received the following explanation:

> Nous étions très embarrassés pour trouver quelque chose de neuf. Maizeroy, avec *Les deux amies*, avait dépeint l'amour des femmes l'une pour l'autre—le g[ougnottage]—Bonnetain, dans *Charlot s'amuse*, avait décrit la m[asturbation] et la sodomie. C'était donc fermé de ce côté. Nous avons pensé à une femme qui aimerait les hommes et qui avec des moyens que vous devinez, Monsieur,—l'art mécanique imite tout—les enc[ule]. Voilà *M. Vénus!* (Auriant 62)[11]

This version, though equally suspect, suggests a more conscious desire to write something bordering on the pornographic in order to make money and gain publicity.

A third version comes from a recently rediscovered letter in which Rachilde claimed that the novel had autobiographical origins. In a letter to the symbolist poet Robert de Souza in 1896, Rachilde wrote that the story of *Monsieur Vénus* was her own story. After recounting how she finally stood up to her father one day when he was beating her mother, she continues:

Et . . . redoutant les mâles, ayant horreur des faiblesses intellec-
tuelles des femmes . . . je m'épris . . . d'un garcon de vingt ans, le
secrétaire de notre député, un paysan perverti devenu mignon
genre Henri III qui portait des bracelets d'or et à partir de ce jour
le mythe Monsieur Vénus fut mon histoire!

In this account, the genesis of the novel clearly had nothing to do with Catulle Mendès![12]

By the mid-twentieth century *Monsieur Vénus* had
fallen out of print and was known only to a few special-
ists of fin de siècle literature. One symptom of its neglect
is that, although Simone de Beauvoir refers to it in
Le deuxième sexe, when cuts were made for the English
translation, the reference to Rachilde was deemed ex-
pendable (2: 137). By contrast, Huysmans's *A rebours*, also
published in 1884, had attained the status of decadent
classic by the mid-twentieth century. Both novels contain
many of the same decadent topoi: a blurring of distinc-
tions among the senses through Baudelairean synesthe-
sia; the confusion between aesthetic taste (art) and
culinary taste (cooking) and between taking in abstract
concepts and eating food; the collapse of apparent oppo-
sites such as disgust and desire, good and bad taste; the
relocation of biblical myths of Edenic creation in decadent hothouses of artifice; and finally, a rewriting of narratives of creativity itself.

The French publisher Flammarion reissued *Monsieur
Vénus* in 1977, but the novel's significance did not emerge
either as fully or as immediately as might have been ex-
pected. Certain factors in the history of feminist criticism may help explain this lukewarm reception. First,

Rachilde's fiction frequently portrayed empowered female protagonists whose modes of empowerment over others were aggressive, sadistically seductive, cruel, and violent. Rachilde drew on and reinvented the decadent topos of female figures from both biblical and mythological sources (Circe, Delilah, Judith, the Medusa, Salomé, to name but a few) whose sexual seduction leads men to their literal or symbolic death. Furthermore, her powerful female protagonists (such as the marquise de Sade) are frequently disarmingly unfeminine (as is literally the case for Raoule de Vénérande in *Monsieur Vénus*). Thus Rachilde appears to embrace and reclaim characteristics that would more frequently be identified with abusive enactments of power prerogatives and associated with certain constructions of masculinity or with social class or economic power. During the 1960s and 1970s, the dominant form of feminism in France defined gender in terms of sexual difference and its related concepts: women's difference from men, women's experience, women's culture, femininity, women's writing (*écriture féminine*), and mothering.[13] In a culture structured by masculine ideology, they argued, feminine experience was literally inexpressible if the only language available was masculine. Rachilde's works did not at first seem to provide the sort of material that would lend itself to feminist analysis of this era, since her representation of women clearly went against the grain of giving voice and form to a feminine difference.

For the past two decades, however, cultural critics across the disciplines have been reevaluating the entire

sex/gender system, its politics, its role in canon forma-
tion, in aesthetics and questions of taste, and in practices
of criticism. The issues raised, especially in the areas of
literary criticism, cultural studies, art history, gender
studies, and queer theory, provide a productive context
for reconsidering *Monsieur Vénus*. First, the sexual practices described in the novel do not correspond to any expectations about sexual identity that readers might
deduce either from the sex of object-choices or from the
specific sexual practices adopted by the protagonists. The
novel challenges readers to develop a complex under-
standing of the axes of gender and sexuality as distinct,
although inseparable (see Sedgwick). In this way, it
makes visible the cultural processes involved in gendered
constructions of sexualities. Second, *Monsieur Vénus* is a
powerful rewriting, and inversion, of Ovid's myth of
Pygmalion, the misogynist sculptor who, disappointed
and disillusioned with mortal women, falls in love with
his own creation—the ideal female beauty embodied in
his work of art—and who brings his statue to life with
the intervention of the goddess Venus (lines 671–765).
French writers such as Honoré de Balzac (*Le chef d'œuvre
inconnu* [1830]), Prosper Mérimée (*La Vénus d'Ille* [1837]),
and Théophile Gautier (*Arria Marcella* [1852]) had used
this myth to raise questions about the blurring of aesthetic and erotic experience, about the connections between fantasies and sexual arousal, about the links
between looking and desiring, and about what it means
to bring an artistic representation to life. Rachilde's rewriting and inversion of the myth makes the artist a
woman and the work of art a man.

The aristocratic Raoule de Vénérande (whose name oozes with the contradictory connotations of the venomously venereal and the venerated and venerating Raoule) desires the young ephebe Jacques Silvert, a mediocre landscape painter who lives with his sister, Raoule's flower maker. Rachilde hints at Jacques's femininity through his chosen specialty of watercolor landscape painting, a feminine genre par excellence in the nineteenth century. Although Jacques starts off as the only artist in the novel, when Raoule undertakes her seduction of the callow young working-class man, she rapidly stakes out her claim as an artist too. It soon becomes clear that Raoule is a female Pygmalion who fashions from Jacques a corporeal ideal of male beauty after her own desire, "a being in her own image." Her "possession" of Jacques entails a switch of the conventional gendering of mind/body and creator/creation divisions. In two of *Monsieur Vénus's* key intertexts, the Pygmalion myth and the Baudelairean idealization of the woman of artifice (a work of art), this elevation of mortal being to aesthetic immortality is matched by an accompanying denigration of embodied woman: woman is "natural, and therefore abominable," as Baudelaire put it ("Mon cœur" 893). When Rachilde inverts the genders of creator and creation, she also foregrounds the human price exacted when aesthetic ideals govern life in absolute ways. In the conclusion to Raoule's Pygmalionesque project, Jacques is immortalized as a grotesque blend of wax model and real anatomical parts (hair, teeth, nails). This gruesome artifact throws into relief the sinister subtext of the conventionally gendered aesthetic idealizations of woman: making permanence out of the transitory, and preserving ideal beauty against the ravages of time, entails "killing into art" (Beizer 253–54).[14]

Just as significant, as attested by the presence of a plaster replica of the Venus de Milo in Jacques's studio, Rachilde creates *Monsieur Vénus* in the wake of a century of infatuation with representations of Venus in France. This fascination dates back to the unearthing in 1820, by a Greek peasant on the island of Melos, of the fragmented remains of a classical Venus. The statue was subsequently transferred to the Louvre and named the Venus de Milo. In Ovid's story, the goddess Venus animates Pygmalion's statue. During the nineteenth century, Venus came to stand for art itself as a result of the seductive forms, textures, colors, and surfaces combined in her representations. At the same time, her role as goddess of female generation opened onto two quite distinct interpretations of her generative power. On the one hand, Venus represented the goddess of chaste love, mother of Love (that is, the divinity of ideal beauty). On the other hand, as generative Venus, she came to represent the goddess of lust and sensual love, the divinity of courtesans and of *la vie galante*. For nineteenth-century artists and writers, the duality in the image of Venus meant that representations of her could sanction erotic seduction in the form of aesthetic appreciation. Rachilde's *Monsieur Vénus*, in keeping with a decadent fusion of eroticism and aesthetics, makes full use of the fascination with Venus, a trend reflected in continuing debates about gender and prerogatives over creativity (see Shaw 92). For male artists eager to demonstrate the superior transformative power of masculine creativity, Venus, goddess of love and image of female generativity, made a perfect subject for them to master.

In Rachilde's narrative, Venus's nineteenth-century duality as mother of love / divinity of courtesans (a variant of the familiar madonna / whore duality) reappears with a vengeance. When Raoule claims the transformative power of intellection of ideal beauty, Rachilde reverses a gender hierarchy implicit in nineteenth-century aesthetics, one laid out clearly in Charles Blanc's *Grammaire des arts du dessin* (1867), where the creative and intellectual capacity to recognize and create ideal beauty is presented as an inherently male attribute (see Shaw 100–02). Rachilde's Raoule, a woman who arrogates to herself the masculine right to create her ideal and then embodies it in a male rather than female body, tampers with nineteenth-century gendered hierarchies of aesthetic power and knowledge.

After the republication of *Monsieur Vénus* in 1977, analyses looked primarily at the undermining of gender roles presented in the novel but did not focus either on sexualities or on discourses of art and the ideal (see Hawthorne, "Monsieur Vénus"; Kelly; Felski; Beizer). Dorothy Kelly points out that the novel challenged any sense of stable gender binaries (masculine / feminine), while Rita Felski observes that Rachilde and other modernists connected discourses about perversity to concepts of art as a symbolic refusal of law, thereby making aesthetic and erotic transgression central to the writing of modernity (176). Janet Beizer emphasizes Raoule's reversal of the medical and aesthetic topos of the woman as textual surface:

Rachilde's sustained citation of this topos throughout her novel is charged with a certain shock value: the reversal of convention, whereby a male body is appropriated as textual surface by a female creative force, defamiliarizes the conventional power relationship and thus puts it into question. (251)

The Different Editions of *Monsieur Vénus*

Another reason why readers and critics did not respond more enthusiastically to *Monsieur Vénus* in 1977 may be that they did not realize how truly transgressive and original the novel had been in its first form. The 1977 reprint, like all other reprints before it and both the previous English translations, reproduced the 1889 Paris edition. All the early critical work on *Monsieur Vénus* has been based on this edition or one of its reissues. That text was, however, censored; key passages from the original 1884 Brussels edition were omitted.[15] The present edition restores the original version and allows today's readers to see what Rachilde's first readers found in her text.

Monsieur Vénus was first published by Auguste Brancart, a Brussels publisher specializing in erotic titles. This edition had a four-line preface, signed by the coauthors' initials ("R. et F. T."), along with the dedication "Nous dédions ce livre à la beauté physique." The cover (often not preserved in library bindings) bore a quotation from Catulle Mendès: "Être presque une femme, bon moyen de vaincre la femme."[16] When the novel was immediately judged to be pornographic, the manuscript and all print copies of it were seized.[17] Brancart responded with a modified, entirely reset version. This second, extremely rare edition also bears the date 1884 on the title page. The cover, however, is clearly marked 1885, though since covers are frequently removed when volumes are bound for libraries, this difference is often not evident. There are, then, two "1884" editions of the novel,[18] easily distinguished even when the cover is missing. To begin with, the title page is slightly different (the publisher's address is given differently). The four-line preface and dedication of the first edition have been replaced by an anonymous short text in the form of a letter (thought to be by Arsène Houssaye). In addition, the penultimate sentence of the novel has been shortened. That this was the only change in the text of the novel to be made in response to the charge of obscenity suggests that the deleted phrase is what most shocked the reading public of 1884. Its significance is discussed below.

In 1889, the first French edition of the novel appeared, and here there were more-substantial revisions. When one compares the first, uncensored edition of 1884 and the censored 1889 edition, there are several areas to consider. To begin with, by 1889, one entire chapter is omitted. Chapter 7, while only three pages in length, represents an important fin de siècle manifesto on the relations between the sexes. It invites the reader to forget so-called natural law, to reject the subordination of one sex to the other, and to contemplate a form of passion with its roots (somewhat nostalgically) in classical antiquity.

Another significant change is found in the heavily rewritten description of Raoule's masturbatory fantasy in the carriage at the beginning of chapter 2, which is reduced from four paragraphs to three in the 1889 edition.

That this description was not altered for the 1885 edition suggests that the revisions were primarily stylistic, not motivated by censorship, particularly since the later version seems more overtly erotic than the first. Perhaps the rewriting was done also to eliminate Talman's unwelcome contributions. This fantasy episode is an important echo of the romantic (and some thought pornographic) carriage ride in Flaubert's *Madame Bovary*. In *Monsieur Vénus*, unlike *Madame Bovary*, the heroine needs no amorous partner to share her ride but creates her own solitary pleasure.[19]

Another revision is a short phrase omitted from the novel's epilogue in all editions of the work except the first. That phrase specifies that when Raoule (sometimes disguised) kisses the wax copy of her lover Jacques Silvert's body, a spring hidden inside "the flanks" of the mannequin not only animates the mouth but also spreads the thighs apart. Restoring these words forces the reader to confront the degree of Rachilde's challenge to the sex/gender system and offers some insight into how this novel might have appeared to readers on its initial publication. The phrase accomplishes two things. First, it extends the depiction of Raoule's necrophilia: she is kissing a wax model that stands in for (but finally isn't) a corpse, a model designed to return her kiss. Readers may have found necrophilia and mechanical sexual aids in bad taste, but that may have been Rachilde's intention. Raoule's literal erotic treatment of an idealized dead (male) body challenges the latent necrophilia in the conventions of aesthetic (good) taste, conventions that idealize the woman's dead or dying body.

The phrase also forces the reader to recognize that Raoule is not only kissing the effigy but also performing a more explicitly sexual act. The hidden spring spreads Jacques's legs apart; it does not give him an erection. The suppressed phrase makes it clear that Raoule's relationship with the effigy involves her penetration of him. This restoration sustains Rachilde's claim that *Monsieur Vénus* was about "une femme qui aimerait les hommes et qui . . . les enc[ule]" and explicitly challenges the gender hierarchy that the male role is dominant because penetrative. Raoule penetrates yet remains a woman and asserts heterosexuality while reconfiguring body parts to mimic sameness.

The restoration also helps clarify other parts of the novel. For example, Raoule's aunt Ermengarde[20] says that she knows that Raoule is not Jacques's mistress. Indeed, Jacques is Raoule's mistress, and not just because of the social reversal of male aristocrat and kept woman. Raoule does enact a class role inversion just as she enacts gender role inversions, but the restored phrase makes it clear that Jacques is Raoule's mistress because, although biologically a man, he plays the role of the one who is penetrated. The nature of this relationship also explains Jacques's disappointment that Raoule "ne peu[t] donc pas être un homme!" Furthermore, the phrase allows us to see that Rachilde's redistribution of gender roles and sexual practices goes beyond the category of gender. It is not just that Raoule takes the initiative in sex or is aggressive, behaviors that are sometimes sufficient to make women seem masculinized; rather, she performs a type of sexual act that has no name in the phallogocentric imaginary. This is not the Hollywood kind of gender bending in which the woman teases the man by acting aggressively in sex but then finally accedes to her prescribed feminine role, in which she dresses like a man but looks all woman once the clothes come off. Raoule's and Jacques's sexual practices exceed any attempt at explanation through appeals to nature, procreation, or the subordination of women—that is, the categories rejected in chapter 7. Moreover, their sexual practices cannot be condensed into categories of sexuality congruent with gender identity as it has traditionally been constructed. Raoule claims simultaneously to be a woman, to be attracted to a man, and to derive sexual satisfaction for herself from the penetration of another. Finally, the use of artificial body parts (Rachilde offers an early model of the cyborg, as Felski has argued) to enact a sexual relationship with a body that is, in the end, no more than a simulacrum takes the sexual encounter into a virtual realm in which any appeal to something grounded in biology becomes impossible. A pinnacle of decadent cerebrality (one of Rachilde's specialties), *Monsieur Vénus* also speaks powerfully to contemporary concerns. The restoration of the original 1884 edition of the novel makes it possible to evaluate her true importance in raising such questions.

Notes

[1]Rachilde's *mardis*, held at her home on rue des Écoles from the 1880s onward, brought together Jean Moréas, Laurent Tailhade, Victor and Paul Margueritte, Jules Renard, and Paul Verlaine, among the best-known participants.

[2]Marguerite's mother heard voices and seems to have had the symptoms of what we would now call paranoid schizophrenia. See Hawthorne, *Rachilde* 185–87.

[3]It is striking that Rachilde created many adolescent protagonists in her fiction. See Dauphiné 63.

[4]Ross Chambers defines "room for maneuver" as the critical space opened up when an oppositional voice avoids strategies of direct opposition. Instead, the opposing voice allies itself with mediation by appropriating the dominant discourse in order to seduce the reader into alternatives to it.

[5]For an analysis of Rachilde's strategy in *La jongleuse*, see Constable.

[6]See Hawthorne (*Rachilde*) for an analysis of Rachilde's strategy of rewriting her life experience as a work of fiction, "treating life as a work of art in true decadent fashion" (15). Rachilde's complex relationships with both parents are discussed at length.

[7]Barrès wrote his preface for the revised, French, 1889 edition of *Monsieur Vénus*. It is published in the 1977 Flammarion edition of the text 5–21.

[8]See Charles Baudelaire's *Les fleurs du mal*, particularly the poems "Je t'adore à l'égal de la voûte nocturne," "Tu mettrais l'univers entier dans ta ruelle," "Sed non satiata," and "Avec ses vêtements ondoyants et nacrés."

[9]See Hawthorne (*Rachilde*), especially the chapter "1884, May–July: The Politics of Publishing," for extensive discussion of the relation between pornographic and popular publishing in the 1880s.

[10]No other publications under the name Francis Talman are known, and no records exist to suggest that anyone else ever claimed credit for coauthoring. Everything deleted from later editions of *Monsieur Vénus* was recently republished as a literary curiosity for Rachilde enthusiasts under the title *Monsieur Vénus*, by Francis Talman (Paris: Fourneau, 1995). Though no one seriously believes that all and only these passages were by Talman, Rachilde did claim that she later eliminated the passages by him, and the strategy of attributing the deletions to him obviated the need to obtain permission to publish something by Rachilde.

[11]Auriant does not explain how the policeman's notes come to be in Rachilde's possession. For further discussion of the problems surrounding this account, see Hawthorne, *Rachilde*, chapter "1884."

[12]Soulignac 196. References to Henri III's minions, or favorites, were often a coded allusion to (male) homosexuality. *Le paysan perverti* is also the name of a novel by Restif de la Bretonne. *Perverti* can

mean "perverted" not only in a sexual sense but also in the more general sense of corruption.

[13]For three key texts that define the priorities of feminist criticism in the 1970s, see Cixous; Kristeva; Irigaray.

[14]On the role of the artist's model in nineteenth-century France, see Lathers.

[15]So far as we have been able to determine, there are three copies of this edition in the United States. One is held by the Library of Congress; the other two are in special collections at Vanderbilt University and the University of Houston. A copy of the rare "1885" edition (see discussion below) can be found in the Widener Library of Harvard University.

[16]For information about these editions, we are especially grateful to Christian Laucou.

[17]The first English translation was published by Covici Friede in 1929 and reprinted in *The Decadent Reader: Fiction, Fantasy, and Perversion from Fin-de-Siècle France*, edited by Asti Hustvedt (New York: Zone, 1998). A second translation, by Liz Heron, was published by Dedalus (UK) in 1992, with an afterword by Madeleine Johnston.

[18]Not to mention numerous *éditions* in the French sense, that is, printings. That there are four known *éditions* of the first edition suggests that Brancart printed 4,000 copies of the novel before it was seized, which is perhaps why so many copies seem to have survived compared with the 1885 edition.

[19]The erotic carriage ride is also a scene reworked with a lesbian theme in Maizeroy's *Deux amies*, the novel Rachilde claimed as one of her (problematic) sources.

[20]Called Elisabeth in later editions.

Works Cited

Auriant. *Souvenirs sur Madame Rachilde*. Reims: A l'Ecart, 1989.

Baudelaire, Charles. *Les fleurs du mal*. Paris: Flammarion, 1991.

———. "Mon cœur mis à nu." *Curiosités esthétiques: L'art romantique et autres œuvres critiques de Baudelaire*. Paris: Classiques Garnier, 1990. 893–95.

Beauvoir, Simone de. *Le deuxième sexe*. 2 vols. Paris: Gallimard, 1949.

Beizer, Janet. *Ventriloquized Bodies: Narratives of Hysteria in Nineteenth-Century France*. Ithaca: Cornell UP, 1994.

Chambers, Ross. *Room for Maneuver: Reading (the) Oppositional (in) Narrative*. Chicago: Chicago UP, 1991.

Cixous, Hélène. "The Laugh of the Medusa." 1975. Trans. Keith Cohen and Paula Cohen. *Signs* 1 (1976): 875–93.

Constable, Liz. "Fin-de-Siècle Yellow Fevers: Women Writers, Decadence, and Discourses of Degeneracy." *L'Esprit Créateur* 37.3 (1997): 25–37.

Dauphiné, Claude. *Rachilde*. Paris: Mercure de France, 1991.

Felski, Rita. *The Gender of Modernity*. Cambridge: Harvard UP, 1995.

Finn, Michael R., ed. *Rachilde-Maurice Barrès: Correspondance inédite, 1885–1914*. Brest: Centre d'Etude des Correspondances et Journaux Intimes des XIXe et XXe Siècles, 2002.

Hawthorne, Melanie. "'Monsieur Vénus': A Critique of Gender Roles." *Nineteenth-Century French Studies* 16.1–2 (1987–88): 162–79.

———. *Rachilde and French Women's Authorship: From Decadence to Modernism*. Lincoln: U of Nebraska P, 2001.

Irigaray, Luce. *This Sex Which Is Not One*. Trans. Catherine Porter. Ithaca: Cornell UP, 1985.

Kelly, Dorothy. *Fictional Genders: Role and Representation in Nineteenth-Century French Narrative*. Lincoln: U of Nebraska P, 1989.

Kristeva, Julia. "Stabat Mater." 1977. Trans. Léon S. Roudiez. *The Kristeva Reader*. Ed. Toril Moi. Oxford: Blackwell, 1986. 160–86.

Lathers, Marie. *Bodies of Art: French Literary Realism and the Artist's Model*. Lincoln: U of Nebraska P, 2001.

Ovid. Book 4. *Metamorphoses*. Vol. 1. Cambridge: Loeb Classical Lib., 1977. 178–235.

Sedgwick, Eve Kosofsky. "Introduction: Axiomatic." *Epistemology of the Closet*. Berkeley: U of California P, 1990. 1–63.

Shaw, Jennifer. "The Figure of Venus: Rhetoric of the Ideal and the Salon of 1863." *Manifestations of Venus: Art and Sexuality.* Ed. Caroline Arscott and Katie Scott. Manchester: Manchester UP, 2000. 90–108.

Soulignac, Christian. "Ecrits de jeunesse de Mademoiselle de Vénérande." *Revue Frontenac* 10–11 (1993–94): 192–97.

Suggestions for Further Reading

Anderson, M. Jean. "Writing the Non-conforming Body: Rachilde's *Monsieur Vénus* (1884) and *Madame Adonis* (1888)." *New Zealand Journal of French Studies* 21.1 (2000): 5–17.

Beizer, Janet. *Ventriloquized Bodies: Narratives of Hysteria in Nineteenth-Century France*. Ithaca: Cornell UP, 1994.

Besnard-Coursodon, Micheline. "'Monsieur Vénus,' 'Madame Adonis': Sexe et discours." *Littérature* 54 (1984): 121–27.

Dauphiné, Claude. *Rachilde*. Paris: Mercure de France, 1991.

Felski, Rita. *The Gender of Modernity*. Cambridge: Harvard UP, 1995.

Finn, Michael R., ed. *Rachilde-Maurice Barrès: Correspondance inédite, 1885–1914*. Brest: Centre d'Etude des Correspondances et Journaux Intimes des XIXe et XXe Siècles, 2002.

Frappier-Mazur, Lucienne. "Rachilde: Allégories de la guerre." *Romantisme* 85 (1994): 7–18.

Gordon, Rae Beth. *Ornament, Fantasy, and Desire in Nineteenth-Century French Literature*. Princeton: Princeton UP, 1992.

Hawthorne, Melanie. "'Monsieur Vénus': A Critique of Gender Roles." *Nineteenth-Century French Studies* 16.1–2 (1987–88): 162–79.

———. *Rachilde and French Women's Authorship: From Decadence to Modernism*. Lincoln: U of Nebraska P, 2001.

———. "The Social Construction of Sexuality in Three Novels by Rachilde." *Michigan Romance Studies* 9 (1989): 49–59.

Holmes, Diana. *Rachilde: Decadence, Gender, and the Woman Writer.* Oxford: Berg, 2002.

Kelly, Dorothy. *Fictional Genders: Role and Representation in Nineteenth-Century French Narrative.* Lincoln: U of Nebraska P, 1989.

Lukacher, Maryline. *Maternal Fictions: Stendhal, Sand, Rachilde, and Bataille.* Durham: Duke UP, 1994.

Palacio, Jean de. *Figures et formes de la décadence.* Paris: Séguier, 1994.

———. *Les perversions du merveilleux.* Paris: Séguier, 1993.

Ploye, Catherine. "'Questions brûlantes': Rachilde, l'affaire Douglas and les mouvements féministes." *Nineteenth-Century French Studies* 22.1–2 (1993–94): 195–207.

Pommarède, Pierre. "Le sol et le sang de Rachilde." *Bulletin de la Société Historique et Archéologique du Périgord* 120 (1993): 785–820.

Rogers, Nathalie Buchet. *Fictions du scandale: Corps féminin et réalisme romanesque au dix-neuvième siècle.* West Lafayette: Purdue UP, 1998.

Weil, Kari. "Purebreds and Amazons: Saying Things with Horses in Late-Nineteenth-Century France." *Differences* 11.1 (1999): 1–37.

Wilson, Sarah. "Monsieur Venus: Michel Journiac and Love." *Manifestations of Venus: Art and Sexuality.* Ed. Caroline Arscott and Katie Scott. Manchester: Manchester UP, 2000. 156–72.

Ziegler, Robert E. "Rachilde and 'l'amour compliqué.'" *Atlantis* 11.2 (1986): 115–24.

PRINCIPAL WORKS BY RACHILDE

1880. *Monsieur de la Nouveauté.* Paris: Dentu.

1884. *Monsieur Vénus.* Bruxelles: Brancart.

1884. *Histoires bêtes pour amuser les petits enfants d'esprit.* Paris: Brissy.

1885. *Queue de poisson.* Bruxelles: Brancart.

1886. *Nono.* Paris: Monnier.

1886. *A mort.* Paris: Monnier.

1887. *La marquise de Sade.* Paris: Monnier.

1887. *Le tiroir de Mimi-Corail.* Paris: Monnier.

1888. *Madame Adonis.* Paris: Monnier.

1889. *L'homme roux.* Paris: Librairie Illustrée.

1889. *Minette.* Paris: Librairie Française et Internationale.

1889. *Le mordu.* Paris: Genonceaux.

1891. *Théâtre (Madame la Mort, Le vendeur de soleil, La voix du sang).* Paris: Savine.

1891. *La sanglante ironie.* Paris: Genonceaux.

1893. *L'animale.* Paris: Simonis Empis.

1894. *Le démon de l'absurde.* Paris: Mercure de France.

1896. *La princesse des ténèbres.* Paris: Calmann Lévy.

1897. *Les hors nature.* Paris: Mercure de France.

1898. *L'heure sexuelle.* Paris: Mercure de France.

1899. *La tour d'amour*. Paris: Mercure de France.

1900. *La jongleuse*. Paris: Mercure de France.

1900. *Contes et nouvelles*, suivis du *Théâtre*. Paris: Mercure de France.

1903. *L'imitation de la mort*. Paris: Mercure de France.

1904. *Le dessous*. Paris: Mercure de France.

1905. *Le meneur de louves*. Paris: Mercure de France.

1912. *Son printemps*. Paris: Mercure de France.

1915. *La délivrance*. Paris: Mercure de France.

1917. *La terre qui rit*. Paris: Maison du Livre.

1918. *Dans le puits, ou la vie inférieure, 1915–1917*. Paris: Mercure de France.

1919. *La découverte de l'Amérique*. Genève: Kundig.

1920. *La maison vierge*. Paris: Ferenczi.

1921. *Les Rageac*. Paris: Flammarion.

1921. *La souris japonaise*. Paris: Flammarion.

1922. *Le grand saigneur*. Paris: Flammarion.

1922. *L'hôtel du grand veneur*. Paris: Ferenczi.

1923. *Le parc du mystère*. (Written with Francisco de Homem-Christo.) Paris: Flammarion.

1923. *Le château des deux amants*. Paris: Flammarion.

1924. *Au seuil de l'enfer*. (Written with Francisco de Homem-Christo.) Paris: Flammarion.

1924. *La haine amoureuse*. Paris: Flammarion.

1926. *Le théâtre des bêtes*. Paris: Les Arts et le Livre.

1927. *Refaire l'amour*. Paris: Ferenczi.

1928. *Alfred Jarry; ou, Le surmâle de lettres*. Paris: Grasset.

1928. *Madame de Lydone, assassin*. Paris: Ferenczi.

1928. *Le prisonnier*. (Written with André David.) Paris: Editions de France.

1928. *Pourquoi je ne suis pas féministe*. Paris: Editions de France.

1929. *Portraits d'hommes*. Paris: Mornay.

1929. *La femme aux mains d'ivoire.* Paris: Editions des Portiques.

1929. *Le val sans retour.* (Written with Jean-Joë Lauzach.) Paris: Fayard.

1930. *L'homme aux bras de feu.* Paris: Ferenczi.

1931. *Les voluptés imprévues.* Paris: Ferenczi.

1931. *Notre-Dame des rats.* Paris: Querelle.

1932. *L'amazone rouge.* Paris: Lemerre.

1932. *Jeux d'artifices.* Paris: Ferenczi.

1934. *Mon étrange plaisir.* Paris: Baudinière.

1934. *La femme dieu.* Paris: Ferenczi.

1935. *L'aérophage.* (Written with Jean-Joë Lauzach.) Paris: Les Ecrivains Associés.

1937. *L'autre crime.* Paris: Mercure de France.

1937. *Les accords perdus.* Paris: Editions Corymbes.

1938. *La fille inconnue.* Paris: Imprimerie la Technique de Livre.

1938. *Pour la lumière.* Bruxelles: Edition de la Nouvelle Revue Belgique.

1939. *L'anneau de Saturne.* Paris: Ferenczi.

1942. *Face à la peur.* Paris: Mercure de France.

1943. *Duvet d'ange.* Paris: Messein.

1945. *Survie.* Paris: Messein.

1947. *Quand j'étais jeune.* Paris: Mercure de France.

NOTE ON THE TEXT

This text represents the very first edition of Rachilde's important work *Monsieur Vénus*. Because the text was judged pornographic in Belgium, where it was first published, it was quickly banned and all copies seized. The novel's publisher, Brancart, promptly published a modified (censored) edition of the work, which also appeared in 1884 or 1885 and may be mistaken for the first edition (a confusion compounded because in French there are many *éditions* of a work, since the term merely refers to what in English would be called a "printing"). Because very few copies of the true first 1884 edition of the text remain (there are only three known copies in the United States, for example) and because subsequent editions of the novel were based on the censored version, readers have remained largely unaware of the existence of an earlier redaction. Most readers today know only the first French (rather than Belgian) edition of 1889.

The revised 1884 or 1885 edition, even more rare, is quite different from the first, suppressed, edition. The two versions have a different title page, to begin with: the first edition gave the publisher's address on the title page as

4, rue de Loxum, and it had a short preface signed with the authors' initials ("R. et F. T.") that simply invited readers to consider "qu'au moment où ils coupent ces premiers feuil-lets, l'héroïne de notre histoire passe peut-être devant leur porte." The modified text, in addition to making changes in the body of the text, is distinguished by an addition to the publisher's address (4, rue de Loxum *et Rue d'Aremberg, 30*) and by the replacement of the authors' cryptic preface by an anonymous one (thought to be by Arsène Hous-saye). Although both editions give the date 1884 on the title page, the later edition originally had the date 1885 on the cover. Since most library bindings remove the cover, this distinction has sometimes been lost, although the other dif-ferences between the two editions just described clearly set them apart.

The present edition restores the work to its original published form, while correcting certain typographical errors. Although most of the changes to the suppressed edition are not extensive, some are quite dramatic. The most significant may be the line in the last chapter, omit-ted in all subsequent editions, that not only underscores the necrophiliac aspects of the work but also, and more important, makes explicit that the heroine takes an active, that is to say penetrative, role in her sexual rela-tionship with her lover.

There are other changes: the description of the mas-turbatory scene in the carriage at the beginning of chap-ter 2 is more extensive; there is more detail about Jacques Silvert's fencing lessons that helps prepare the denoue-ment of the novel in a duel; and an entire chapter (chapter 7, about the relations between the sexes) is restored here. The novel is once again presented as it first appeared in 1884, allowing contemporary readers a fuller appreciation of the radical statement it originally made.

The subtitle was omitted from most subsequent editions of *Monsieur Vénus*. "Matérialiste" could be a code word for "atheist" at this time, to signal that the authors subscribed to what some might consider an immoral philosophy that linked them to earlier *libertins*, or freethinkers.

RACHILDE

Monsieur Vénus

Nous dédions ce livre à la beauté physique.
R. et F. T.

PREFACE

Nous prévenons nos lecteurs qu'au moment où ils coupent ces premier feuillets, l'héroïne de notre histoire passe peut-être devant leur porte.[1]

R. et F. T.

The use of italics conforms to that of the original French text. For their importance, see Beizer 233–36, who argues that "the italics become part of a multi-layered cross-dressing" (233). The works cited in the notes can be found after the text of the story.

[1]Most novels in France at this time (and still occasionally today) arrived with the pages uncut, thus books possessed a sort of bibliographic virginity that Rachilde evokes here. It was the privilege and pleasure of the first reader to cut the pages as he or she read the novel for the first time.

Chapitre I

Mademoiselle de Vénérande cherchait, à tâtons, une porte dans l'étroit couloir indiqué par le concierge.

Ce septième étage n'était pas éclairé du tout, et la peur lui venait de tomber brusquement au milieu d'un taudis mal famé, quand elle pensa à son étui à cigarettes, qui contenait ce qu'il fallait pour avoir un peu de lumière.[2] A la lueur d'une allumette, elle découvrit le numéro 10 et lut cette pancarte :

Marie Silvert, fleuriste, dessinateur.

Puis la clef étant sur la porte, elle entra, mais sur le seuil une odeur de pommes cuisant la prit à la gorge et l'arrêta net.[3] Nulle odeur ne lui était plus odieuse que celle des

---

[2]By making Raoule realize that she can use a match to light the dark hallway, Rachilde introduces early on the information that Raoule is a smoker, still a very risqué behavior for women at this time. Rachilde's contemporary readers, then, would have known from the beginning that Raoule is no ordinary woman.

[3]For the significance of the apples, see Rogers. In addition to noting the more obvious point that the apple "signifies sexual knowledge," Rogers points out the element of cultural transformation implied by the changing state of the apples from raw to cooked (246). This inter-

pommes, aussi fut-ce avec un frisson de dégoût qu'avant de révéler sa présence elle examina la mansarde.

Assis à une table où fumait une lampe sur un poêlon graisseux, un homme paraissant absorbé dans un travail très minutieux, tournait le dos à la porte. Autour de son torse, sur sa blouse flottante, courait en spirale une guirlande de roses ; des roses fort larges de satin chair velouté de grenat, qui lui passaient entre les jambes, filaient jusqu'aux épaules et venaient s'enrouler au col.[4] A sa droite se dressait une gerbe de giroflées des murailles, et à sa gauche une touffe de violettes.

Sur un grabat en désordre, dans un coin de la pièce, des lis en papier s'amoncelaient.

---

pretation of a key element of the story of Eden is typical of decadent rewriting of biblical myths of creation in terms of creation as cultural fashioning.

[4]Jacques is depicted as though in mid metamorphosis. His vegetal nature is underscored by his last name. For French readers, *Silvert* evokes both the adjective *vert* and *sylve* or *sylvain* (English cognate "sylvan"), which comes from the Latin *sylva*, for "forest," an etymology that would have been apparent to those for whom a basic education still included the study of Latin. In this scene, Jacques is positioned to suggest the mythological female figure of Daphne, a nymph who was pursued by Apollo and changed into a bay or laurel tree in order to escape him (a story famously retold by Ovid). This myth is the basis of the use of laurel crowns as a symbol of victory in antiquity. Relying on wordplay, Petrarch could use the laurel (Daphne) to stand for the object of his love, Laura. By extension, Daphne and the laurel come to stand for love objects in general in literature. The subject was also frequently depicted in Western art and painting. The Christian church recuperated this pagan subject by interpreting it as a lesson on the futility of pursuing appearances, a theme developed further in this novel.

Quelques branches de fleurs gâchées et des assiettes sales surmontées d'un litre vide traînaient entre deux chaises de paille crevées. Un petit poêle fendu envoyait son tuyau dans la vitre d'une lucarne en tabatière et couvait les pommes étalées devant lui, d'un seul œil, rouge.

L'homme sentit le froid que laissait pénétrer la porte ouverte, il releva l'abat-jour de la lampe et se retourna.

— Est-ce que je me trompe ? Monsieur, interrogea la visiteuse, désagréablement impressionnée, Marie Silvert, je vous prie ?

— C'est bien ici, Madame, et pour le moment, Marie Silvert, c'est moi.[5]

Raoule ne put s'empêcher de sourire : faite d'une voix aux sonorités mâles, cette réponse avait quelque chose de grotesque, que ne corrigeait pas la pose embarrassée du garçon, tenant ses roses à la main.

— Vous faites des fleurs, vous les faites comme une vraie fleuriste ?

— Sans doute ! il le faut bien. J'ai ma sœur malade ; tenez, là dans ce lit, elle dort... Pauvre fille ! Oui, très malade. Une grosse fièvre qui lui secoue les doigts. Elle ne peut rien fournir de bon... moi je sais peindre, mais je

---

[5]Jacques's words show the degree to which he assumes a feminine identity. There are numerous other suggestions of, and associations with, femininity in this and subsequent chapters, but here the matter is put quite succinctly.

me suis dit qu'en travaillant à sa place, je gagnerais mieux ma vie qu'à dessiner des animaux ou copier des photographies. Les commandes ne pleuvent guère, ajouta-t-il en matière de conclusion, mais je décroche le mois tout de même !

Il eut un haussement de cou pour surveiller le sommeil de la malade. Rien ne remuait sous les lis. Il offrit une des chaises à la jeune femme. Raoule serra autour d'elle son pardessus de loutre et s'assit avec une grande répugnance ; elle ne souriait plus.

— Madame désire... ?[6] demanda le garçon, lâchant sa guirlande pour fermer sa blouse, qui s'écartait beaucoup sur sa poitrine.

— On m'a donné, répondit Raoule, l'adresse de votre sœur en me la recommandant comme une véritable artiste. J'ai absolument besoin de m'entendre avec elle au sujet d'une toilette de bal—ne pouvez-vous la réveiller ?

— Une toilette de bal ? Oh ! Madame, soyez tranquille ! Inutile de la réveiller. Je vous soignerai ça... Voyons, que

---

[6]Jacques uses the conventional formula of a deferential subordinate such as a shop assistant offering to help a customer, but the broader question of what exactly Raoule desires is central to the novel and anticipates Freud's (unanswered) question: "What do women want?" As Nathalie Rogers puts it: "These words, innocent in the context of a commercial transaction, assume their full transgressive potential in this novel" (243).

vous faut-il ? Des piquets, des cordons ou des motifs détachés ?...

Mal à l'aise, la jeune femme avait envie de s'en aller. Au hasard elle prit une rose et en examina le cœur, que le fleuriste avait mouillé d'une goutte de cristal :

— Vous avez du talent, beaucoup de talent ! répéta-t-elle, tout en détirant les pétales de satin... Cette odeur de pommes rissolées lui devenait insupportable.

L'artiste se mit en face de sa nouvelle cliente et attira la lampe entre-eux, au bord de la table. Ainsi placés ils pouvaient se voir des pieds à la tête. Leurs regards se croisèrent : Raoule, comme éblouie, cligna des paupières derrière sa voilette.

Le frère de Marie Silvert était un roux, un roux très foncé, presque fauve, un peu ramassé sur des hanches saillantes, avec des jambes droites, minces aux chevilles.

Ses cheveux plantés bas, sans ondulations ni boucles, mais durs, épais, se devinaient rebelles aux morsures du peigne. Sous son sourcil noir, assez délié, son œil était d'un sombre étrange, quoique d'une expression bête.

Il regardait, cet homme, comme implorent les chiens souffrants, avec une vague humidité sur les prunelles. Ces larmes d'animal poignent toujours d'une manière atroce. Sa bouche avait le ferme contour des bouches saines que la fumée, en les saturant de son parfum viril, n'a pas encore flétries. Par instant, ses dents s'y montraient si blanches à côté de ses lèvres si pourpres qu'on se demandait pourquoi ces gouttes de lait ne séchaient point entre ces deux tisons. Le menton, à fossette, d'une chair unie et enfantine, était adorable. Le cou avait un petit pli, le pli du nouveau-né qui engraisse. La main assez large, la voix boudeuse et les cheveux plantés drus étaient en lui les seuls indices révélateurs du sexe.

Raoule oubliait sa commande ; une torpeur singulière s'emparait d'elle, engourdissant jusqu'à ses paroles.

Cependant elle se trouvait mieux, les pommes avec leurs jets de vapeur chaude ne l'incommodaient plus ; et de ces fleurs éparses dans les assiettes sales lui semblait même se dégager une certaine poésie.

L'accent ému, elle reprit :

— Voici, Monsieur ; il s'agit d'un bal costumé et j'ai pour habitude de porter des garnitures spécialement dessinées pour moi. Je serai en *nymphe des eaux*, costume Grévin,[7] tunique de cachemire blanc pailleté de vert,

---

[7]Alfred Grévin (1827–92) was a designer and cartoonist who designed, among other things, theatrical costumes. On 5 June 1882, the journalist Arthur Meyer opened a display of wax figures at 10 Boulevard Montmartre and asked the well-known Grévin to create likenesses of the celebrities of the day. Because of Grévin's reputation, the museum was named after him. The Musée Grévin quickly became a popular form of sensationalist entertainment that contributed to the "spectacularization" of the late nineteenth century (see Schwartz).

avec des roseaux enroulés ; il faut donc un semé de plantes de rivière, des nymphéas, des sagittaires, lentilles, nénuphars...[8] Vous sentez-vous capable d'exécuter cela en une semaine ?

— Je crois bien, Madame, une œuvre d'art ! répondit le jeune homme, souriant à son tour ; puis saisissant un crayon, il jeta des croquis sur une feuille de bristol.

— C'est cela, c'est cela, approuva Raoule, suivant des yeux. Des nuances très douces n'est-ce pas ? N'omettez aucun détail... Oh ! le prix que vous voudrez !... Les sagittaires avec de longs pistils en flèche et les nymphéas bien roses, duvetés de brun.

Elle avait pris le crayon pour rectifier certains contours ; lorsqu'elle se pencha vers la lampe un éclair jaillit du diamant qui fermait son pardessus. Silvert le vit et devint respectueux :

— Le travail, fit-il, me reviendra à cent francs, je vous donne la façon pour cinquante, je n'y gagne pas beaucoup, allez, Madame !

Raoule sortit d'un portefeuille armorié trois billets de banque.

-----

[8]The name of the common white or yellow water lily indicates its association with nymphs, semidivine maidens of Greek mythology inhabiting natural spaces such as rivers and woods. In addition, its botanical origin—grafted from the eastern lotus—added an exotic aura: the scent of the flower was thought to be both an aphrodisiac and a deadly toxin. This connotation gave the nymphaea a special place in symbolist literature and impressionist painting (see Apter).

— Voici, dit-elle simplement, j'ai toute confiance en vous.

Le jeune homme eut un mouvement si brusque, un tel élan de joie, que, de nouveau, la blouse s'écarta. Au creux de sa poitrine, Raoule aperçut la même ombre rousse qui marquait sa lèvre, quelque chose comme des brins d'or filés, brouillés les uns dans les autres.

Mlle de Vénérande s'imagina qu'elle mangerait peut-être bien une de ces pommes sans trop de révolte.

— Quel âge avez-vous ? interrogea-t-elle sans détacher les yeux de cette peau transparente, plus satinée que les roses de la guirlande.

— J'ai vingt-quatre ans, Madame, et, gauchement il ajouta : pour vous servir.

La jeune femme eut un mouvement de tête, les paupières closes, n'osant regarder encore.

— Ah ! vous avez l'air d'en avoir dix-huit...

Est-ce drôle un homme qui fait des fleurs... Vous êtes bien mal logé, avec une sœur malade dans cette mansarde... Mon Dieu !... La lucarne doit vous éclairer si peu... Non ! non ! ne me rendez pas la monnaie... Trois cents francs, c'est pour rien. A propos, mon adresse écrivez : Mlle de Vénérande, 74, avenue des Champs-Elysées, hôtel de Vénérande. Vous me les apporterez vous-même. J'y compte n'est-ce pas ?

Sa voix était entrecoupée, elle éprouvait une grande lourdeur de tête.

Machinalement,[9] Silvert ramassa une queue de pâquerette, il la roulait dans ses doigts et mettait, sans y prendre garde, une habileté de femme du métier à pincer juste le brin d'étoffe pour lui donner l'apparence d'un brin d'herbe.

— Mardi prochain, c'est entendu, Madame, j'y serai, comptez sur moi, je vous promets des chefs-d'œuvre... vous êtes trop généreuse !...

Raoule se leva, un tremblement nerveux la secouait tout entière. Avait-elle donc pris la fièvre chez ces misérables !

Ce garçon, lui, demeurait immobile, béant, enfoncé dans sa joie, palpant les trois chiffons bleus, trois cents francs !... Il ne songeait plus à ramener la blouse sur sa poitrine, où la lampe allumait des paillettes d'or.

— J'aurais pu envoyer ma couturière, avec mes instructions, murmura Mlle de Vénérande, comme pour répondre à un reproche intérieur et s'excuser vis-à-vis d'elle-même — mais, après avoir vu vos échantillons, j'ai préféré venir... A propos : ne m'avez-vous pas dit que vous étiez peintre ? Est-ce de vous ça ?

---

[9]The references throughout the text to mechanical behavior anticipate the mechanical figure of the automaton at the end of the novel.

D'un mouvement de tête elle indiquait un panneau suspendu au mur entre une loque grise et un chapeau mou.

— Oui, Madame, fit l'artiste, soulevant la lampe à hauteur.

D'un coup d'œil rapide, Raoule embrassa un paysage sans air, où rageusement cinq ou six moutons ankylosés paissaient du vert tendre, avec un tel respect des lois de la perspective, que, par voie d'emprunt, deux d'entre eux paraissaient posséder cinq pattes.

Silvert, naïvement, attendait un compliment, un encouragement.

— Etrange profession, reprit Mlle de Vénérande, sans plus s'occuper de la toile, car enfin vous devriez casser des pierres, ce serait plus naturel.[10] Il se mit à rire niaise-

---

[10]The reference to stone breakers undoubtedly alludes to Gustave Courbet's 1849 painting *The Stone Breakers*, which represents two peasant laborers in a rural setting from Courbet's native province of Franche-Comté. When Courbet's painting was exhibited in the 1850 Salon, in the galleries of the Tuileries, the unromanticized images of laborers marked a significant departure from neoclassical and Romantic painting both in subject matter and in its treatment. The novelist and theorist of realism Champfleury (born Jules Husson) found inspiration for his 1857 work *Réalisme* in Courbet's painting. The reference to Courbet, known primarily for landscape paintings and for elevating working-class people to high art, has obvious relevance to the relationship developing between Raoule and Jacques. Raoule's comment turns Jacques, as a workman, into subject matter for an artist and displaces him from the status of being an artist himself. This allusion marks the first stage of his transformation into a work of art, all the more so since Raoule sees him here as "ce nu" ("this nude"), the artist's model.

ment, un peu déconfit d'entendre cette inconnue lui reprocher d'user de tous les moyens possibles pour gagner sa vie, puis pour répondre quelque chose :

— Bah ! fit-il, ça n'empêche pas d'être un homme !

Et la blouse toujours ouverte laissait voir sur sa poitrine les frisons dorés.

Une douleur sourde traverse la nuque de Mlle de Vénérande. Ses nerfs se surexcitaient dans l'atmosphère empuanté de la mansarde. Une sorte de vertige l'attirait vers ce nu. Elle voulut faire un pas en arrière, s'arracher à l'obsession, fuir... Une sensualité folle l'étreignit au poignet... Son bras se détendit, elle passa la main sur la poitrine de l'ouvrier, comme elle l'eût passée sur une bête blonde, un monstre dont la réalité ne lui semblait pas prouvée.

— Je m'en aperçois ! fit-elle, avec une hardiesse ironique.

Jacques tressaillit, confus. Ce que d'abord il avait cru être une caresse, lui semblait maintenant un contact insultant.

Ce gant de grande dame lui rappelait sa misère.

Il se mordit la lèvre, et, cherchant à se donner un mauvais genre quelconque, il riposta :

— Ma foi ! Vous savez ? On en a partout !

A cette énormité, Raoule de Vénérande éprouva une honte mortelle. Elle détourna la tête ; alors, au milieu des lys, une face hideuse dans laquelle s'allumaient, sinistres, deux lueurs glauques, lui apparut : c'était Marie Silvert, la sœur.

Un instant sans broncher, Raoule tint ses yeux rivés à ceux de cette femme, puis hautaine, saluant d'un imperceptible hochement de front, baissa sa voilette et sortit lentement, sans que Jacques, planté droit sa lampe, à la main, pensât à la reconduire.

— Qu'est-ce que tu dis de ça ? fit-il, revenant à lui, alors que déjà la voiture de Raoule, gagnant les boulevards, roulait vers l'avenue des Champs-Elysées.

— Je dis, répondit Marie, se laissant, dans un ricanement, tomber sur la couche dont l'éclat des lys rehaussait la malpropreté, je dis que si tu n'es pas un nigaud notre affaire est bonne. Elle en tient mon mignon !

Chapitre II

Lorsqu'elle fut dans son coupé, Raoule abaissa les deux glaces et longuement aspira l'air froid.

Tout à l'heure, dans l'escalier de Silvert, il lui avait fallu un suprême effort de volonté pour ne pas défaillir. Toute cette organisation délicatement nerveuse se tendit dans un spasme inouï, une vibration terrible, puis, avec l'instantanéité d'un accident cérébral, la réaction vint, elle se sentit mieux. Elle éprouvait ce vague de l'être ; effet bizarre dont les derniers mouvements d'un ressort

18

brisé en pleine évolution, rendent assez bien l'idée ; état dans lequel l'activité du cerveau semble s'augmenter en raison de la détente des muscles.

Raoule évoqua Jacques Silvert. La fille des Vénérande emportée au galop d'un rapide attelage revenait par la pensée à l'ouvrier de la rue de la Lune. Du sentiment de honte qu'elle avait éprouvé en repassant le seuil de la mansarde, rien ne restait. Qu'importait la naissance de cet homme pour ce qu'elle en voulait faire, l'enveloppe, l'épiderme, l'être palpable, le mâle suffisait à son rêve.

Ramenée à l'exactitude des faits, sa mémoire ne lui fournissait rien qui pût valoir un réveil de conscience. La femme qui vibrait en elle ne voyait en Silvert qu'un bel instrument de plaisir qu'elle convoitait, et, qu'à l'état latent, elle étreignait déjà par l'imagination. L'œil mi-clos, la bouche entr'ouverte, la tête à l'abandon sur l'épaule que par intermittences soulevait un long soupir d'apaisement, on aurait dit une créature délicieusement lasse d'ardentes caresses.

Ni belle, ni jolie dans l'acception des mots, Raoule était grande, bien faite, ayant le col souple. Elle possédait, de la vraie fille de race, les formes délicates, les attaches fines, la démarche un peu altière avec des ondulations qui sous les voiles de la femme révèlent l'annelure féline. Dès l'abord sa physionomie à l'expression dure, ne séduisait pas. Merveilleusement tracés, les sourcils avaient une tendance marquée à se rejoindre dans le pli impérieux d'une volonté constante. Les lèvres minces, estompées aux commissures, atténuaient d'une manière désagréable le dessin pur de la bouche. Les cheveux étaient bruns, tordus sur la nuque et concouraient au parfait ovale d'un visage teinté de ce bistre italien qui pâlit aux lumières. Très noirs, avec des reflets métalliques sous de longs cils recourbés, les yeux, deux braises quand la passion les allumait, les yeux donnaient à de certains moments la sensation de deux piqûres de feu...

Raoule tressauta, brusquement arrachée aux dépravations d'une pensée ardente ; la voiture venait de s'arrêter dans la cour de l'hôtel de Vénérande.

— Tu reviens tard ! mon enfant ! fit une vieille dame, entièrement vêtue de noir qui descendait le perron, allant au-devant d'elle.

— Vous trouvez, ma tante. Quelle heure est-il donc ?

— Mais bientôt huit heures. Tu n'es pas habillée, tu ne dois pas avoir dîné. M. de Raittolbe, pourtant, viendra te chercher pour te conduire à l'Opéra, ce soir !

— Je n'irai pas, j'ai changé d'avis !

— Tu es malade ?

— Mon Dieu non. Troublée, voilà tout. J'ai vu tomber un enfant sous un omnibus rue de Rivoli ! Il me serait impossible de dîner, je t'assure... Comme si les accidents d'omnibus devraient se passer dans la rue ?

Mme Ermengarde se signa.[11]

— Ah ! j'oubliais... ma tante. Venez avec moi. Faites interdire la porte, j'ai à vous parler sur un sujet qui vous plaira davantage : une bonne œuvre ! J'ai mis la main sur une bonne œuvre...

Elles traversèrent toutes les deux les immenses appartements de l'hôtel.

Il y avait des salons d'un aspect tellement sombre qu'on n'y pénétrait pas sans avoir le cœur un peu serré. L'antique construction possédait deux pavillons en retour, flanqués d'escaliers arrondis comme ceux

---

[11]In the 1889 edition of *Monsieur Vénus*, this name is changed from Ermengarde to Elisabeth. There are a number of notable Ermengardes in French history (see Larousse's *Grand dictionnaire universel du XIXe siècle* for some examples that Rachilde might have known), but one that might have had special significance for Rachilde is Ermengarde the wife of Aimeri de Narbonne, the renowned paladin of Charlemagne. Aimeri is a variant spelling of Eymery, Rachilde's family name, and she liked to claim Aimeri of Narbonne as an ancestor (see Hawthorne 84–87). A few centuries later, Ermengarde de Narbonne (1127?–1196?) ruled the city as viscountess. Her grandfather, father, brother, nephew, and grandnephew were all named Aimeri, and, like Rachilde, they liked to claim the Carolingian Aimeri as an ancestor, even though he was probably not a direct relative. Like the character in this novel, Ermengarde de Narbonne remained childless and raised her brother's child. In addition, Ermengarde was celebrated in poetry by the troubadours and is sometimes claimed as an early woman writer; but—in a paradox that Rachilde would surely have savored—none of her actual writings seem to have survived. See Cheyette.

du château de Versailles. Les fenêtres à croisillons étroits descendaient toutes jusqu'au parquet, montrant, derrière la légèreté des mousselines et des guipures, d'énormes balcons de fer forgé agrémentés d'arabesques bizarres. Devant ces balcons s'etendait, coupée par la grille d'entrée, une mosaïque de plantes essentiellement parisiennes, de ces plantes aux verdures de tons neutres résistant à l'hiver, qui forment des bordures si justes, que l'œil le plus exercé ne saurait se heurter à un seul brin d'herbe dépassant. Les murs gris semblaient s'ennuyer les uns en présence des autres et cependant, un enchanteur pour vexer une dévote, en retournant ses façades blasonnées aurait causé plus d'une surprise aux manants égarés dans la noble avenue. Ainsi la chambre à coucher de la nièce, aile droite, et celle de la tante, aile gauche, mises subitement à ciel ouvert, eussent fait pâmer d'aise un amateur d'oppositions picturales.

La chambre de Raoule était capitonnée de damas rouge et lambrissée, aux pourtours, de bois des îles sertis de cordelières de soie. Une panoplie d'armes de tous genres et de tous pays, mises à la portée d'un poignet féminin par leurs exquises dimensions, occupait le panneau central. Le plafond gondolé aux corniches était peint de vieux motifs rococos sur fond azur-vert.

Du milieu descendait un lustre en cristal de Carlsrühe, une girandole de lis avec leurs feuilles lencéolées et irisées de couleurs naturelles. Une couche athénienne était placée en travers du grand tapis de Vison qui s'étendait sous le lustre et le bateau de ce lit, en ébène sculpté, supportait des coussins dont l'intérieur et les plumes avaient été imprégnés d'un parfum oriental embaumant toute la pièce.

Quelques tableaux entre glaces, d'assez libres allures, s'accrochaient aux capitons des murailles. Il y avait, faisant face à la table de travail toute encombrée de papiers et de lettres ouvertes, une académie masculine n'ayant aucune espèce d'ombre le long des hanches. Un chevalet, dans un coin, et un piano près de la table complétaient cet ameublement profane.

La chambre de Mme Ermengarde, chanoinesse de plusieurs ordres, était tout entière d'un gris d'acier désolant le regard.

Sans tapis, le parquet bien ciré vous glaçait les talons, et le Christ amaigri, pendu près d'un chevet sans oreiller, contemplait un plafond peint de brumes comme un ciel du Nord.

Il y avait quelque vingt ans que dame Ermengarde habitait l'hôtel de Vénérande en compagnie de sa nièce restée orpheline à l'âge de cinq ans. Jean de Vénérande, dernier rejeton de sa race, avait en sortant de ce monde formulé le vœu que l'enfant né de la mort, qu'il laissait après lui, fût élevé par sa sœur dont les qualités lui

avaient toujours inspiré une profonde estime. Ermengarde était alors une vierge de quarante printemps,
pleine de vertus, confite en dévotion, passant dans la vie
comme sous les arceaux d'un cloître, perdue dans une
perpétuelle méditation, usant le bout de son index à
répéter les signes de croix qui permettent de puiser largement au trésor des indulgences plénières, et s'occupant
fort peu, rare qualité de dévote, du salut des voisins. Son
roman était simple. Elle le racontait, aux jours solennels,
dans ce style onctueux que le mysticisme invétéré prête
aux natures passives. Elle avait eu une passion chaste,
une passion en Dieu ; elle avait aimé ingénument un pauvre poitrinaire, le comte de Moréas,[12] un homme expi-
rant tous les matins. Elle avait peut-être pressenti les
félicités nuptiales et les joies maternelles, mais une inou-
bliable catastrophe avait tout brisé au dernier moment :
le comte de Moréas avait été rejoindre ses ancêtres, muni
des sacrements de l'Eglise. Dans l'exaspération de sa
douleur, la fiancée n'effeuilla pas les roses de l'hymen, ne
déchira pas son voile blanc ; elle vint chercher aux pieds
de la croix rédemptrice un époux immortel. Sa religiosité
douce ne demandait pas plus !... Les portes du couvent

---

[12]In the 1889 edition, this name is changed from Moréas to Moras.
Jean Papadiamantopoulos (1856–1910), better known as Jean Moréas,
was a poet in Rachilde's literary circles. He published a famous symbolist manifesto in 1886.

allaient s'ouvrir pour elle quand survint la mort de Jean de Vénérande. Dame Ermengarde fit taire son cœur et se consacra désormais à la tutelle de Raoule.

A cette époque un éducateur perspicace eût déjà découvert dans l'enfant les germes vivaces de toutes les passions. Intrépide autant que volontaire, elle ne pliait jamais sans un raisonnement froid qui faisait tomber la férule d'elle-même. Elle apportait à la réalisation d'un caprice une ténacité effrayante et charmait les institutrices par l'explication lucide qu'elle donnait de ses folies. Son père avait été un de ces débauchés épuisés que les œuvres du marquis de Sade font rougir, mais pour une autre raison que celle de la pudeur.

Sa mère, une provinciale pleine de sève, très robuste de constitution, avait eu les plus naturels et les plus fougueux appétits. Elle était morte d'un flux de sang quelque temps après ses couches. Peut-être son mari l'avait-il suivie au tombeau, victime aussi d'un accident qu'il avait provoqué, car l'un de ses vieux serviteurs disait qu'en trépassant il s'accusait de la fin prématurée de sa femme.

Dame Ermengarde, chanoinesse, ignorante de la vie des êtres matérialistes, s'occupa de développer beaucoup chez Raoule les aspirations mystiques ; elle la laissa raisonner, lui parla souvent de son dédain pour l'humanité fangeuse, en termes très choisis, et lui fit atteindre ses quinze ans dans la solitude la plus complète.

L'heure de l'initiation pouvait sonner à l'oreille de sa nièce, tante Ermengarde, chanoinesse, ne voulait pas se figurer qu'entre son baiser du soir et celui du matin, il y avait place pour de secrètes ardeurs que vierge n'avoue pas.

Un jour, Raoule courant les mansardes de l'hôtel découvrit un livre, elle le lut, au hasard. Ses yeux rencontrèrent une gravure, ils se baissèrent, mais elle emporta le livre... Vers ce temps, une révolution s'opéra dans la jeune fille. Sa physionomie s'altéra, sa parole devint brève, ses prunelles dardèrent la fièvre, elle pleura et elle rit tout à la fois. Dame Ermengarde, inquiète, craignant une maladie sérieuse, appela les médecins. Sa nièce leur défendit sa porte. Pourtant, l'un d'eux, très élégant de sa personne, spirituel, jeune, fut assez adroit pour se faire admettre auprès de la capricieuse malade. Elle le pria de revenir et il n'y eut, d'ailleurs, pas d'amélioration dans son état.

Ermengarde recourut aux lumières de ses confesseurs. On lui conseilla le véritable spécifique : — Mariez-la ! lui répondit-on.

Raoule éclata de colère quand sa tante entama un chapitre sur le mariage.

Le soir de ce jour-là, pendant le thé, le jeune docteur causant dans l'embrasure d'une croisée avec un vieil ami de la maison disait, montrant Raoule :

— Un cas spécial, monsieur. Quelques années encore, et cette jolie créature que vous chérissez trop, à mon avis, aura, sans les aimer jamais, connu autant d'hommes qu'il y a de *pater* et d'*ave* au rosaire de sa tante. Pas de milieu ! Ou nonne, ou monstre ! Le sein de Dieu ou celui de la volupté ! Il vaudrait peut-être mieux l'enfermer dans un couvent puisque nous enfermons les hystériques à la Salpêtrière !¹³ Elle ne connaît pas le vice, mais elle l'invente !

Il y avait dix ans de cela, au moment ou commence cette histoire... et Raoule n'était pas nonne...

Durant la semaine qui suivit sa visite chez Silvert, Mlle de Vénérande fit de fréquentes sorties, n'ayant d'autre but que la réalisation d'un projet formé dans le parcours de la rue de la Lune à son hôtel. Elle en avait fait la confidence à sa tante et, celle-ci, après des objections timides, en avait comme toujours référé aux cieux. Raoule lui décrivit, d'une manière détaillée, la misère de l'*artiste*. Quelle pitié ne serait point émue à l'aspect du taudis de Jacques ! Comment pourrait-il travailler là-dedans avec sa sœur presque infirme ? Alors Ermengarde avait promis de les recommander à la Société de St-Vincent-de-Paul et d'envoyer des dames de charité aussi titrées que secourables.

---

¹³The Salpêtrière is a hospital in Paris. In the late nineteenth century it was especially famous as the site where Doctor Jean Martin Charcot (1825–93) gave public lectures on female hysteria, using inmates of the hospital. See, for example, Didi-Huberman. Sigmund Freud came to Paris to study with Charcot in the 1880s.

— Ouvrons notre bourse, ma tante ! s'était écriée Raoule, exaltée par sa propre audace. Faisons une aumône royale, mais faisons-la dignement ! Mettons ce peintre qui a du talent (ici Raoule avait eu un sourire) dans un milieu vraiment artistique. Qu'il puisse gagner son pain sans avoir la honte de l'attendre de nous. Assurons-lui tout de suite l'avenir. Qui sait si, plus tard, il ne nous le rendra pas au centuple !

Raoule parlait avec chaleur.

— Il faut, se dit tante Ermengarde, que ma nièce ait rencontré de bien belles dispositions chez ces malheureux pour qu'elle daigne s'animer de la sorte... elle si froide. Voilà peut-être le moyen de la ramener à la piété !... Car tante Ermengarde n'était pas sans savoir que *son neveu*, comme elle appelait souvent Raoule quand elle lui voyait prendre des leçons d'escrime ou de peinture, manquait absolument de la foi qui conduit aux saintes destinées. Seulement la chanoinesse avait, de son côté, trop de *monde*, trop de race, trop de *parchemin* dans le caractère pour douter une seconde de la pureté corporelle et morale de sa descendante. Une Vénérande ne pouvait être que vierge. On citait des Vénérande qui avaient gardé cette qualité durant plusieurs lunes de miel. Ce genre de noblesse, bien qu'il ne fût pas héréditaire dans la famille, obligeait donc entièrement la jeune femme.

— Dès demain, avait enfin conclu Raoule, je cours Paris pour organiser un atelier. Les meubles seront placés la nuit ; il est inutile de faire parler de nous, la moindre ostentation serait un crime, et mardi, quand il viendra m'apporter ma garniture de bal, tout sera prêt... Ah ! c'est dans ces occasions, ma tante, que notre fortune est intéressante !...

— Je t'abandonne, ma chérie, le céleste bénéfice de ta charité ! déclara tante Ermengarde. N'épargne rien ! Autant tu sèmeras sur terre, autant tu récolteras là-haut !

— *Amen !* riposta Raoule—et la blasée eut un regard de mauvais ange à l'adresse de la chanoinesse ravie.

Huit jours après, Mlle de Vénérande, belle, d'une beauté excessivement originale sous son costume de *nymphe des eaux,* faisait une entrée à sensation au bal de la duchesse d'Armonville. Flavien X, le journaliste à la mode, dit deux mots discrets au sujet de ce costume étrange et, bien que Raoule n'eût pas d'amies intimes, elle s'en découvrit quelques-unes, ce soir-là, qui la supplièrent de leur indiquer la demeure de son habile fleuriste.

Raoule s'y refusa.

Chapitre III

Jacques Silvert, dans l'atelier, se laissa tomber sur un divan, tout ahuri. Il avait l'air d'un petit enfant surpris par un grand orage. Ainsi, on le mettait chez lui, avec des

29

pinceaux, des couleurs, des tapis, des rideaux, des meubles, du velours, beaucoup de dorures, beaucoup de dentelles... Les bras pendants, il regardait chaque chose, se demandant si chaque chose n'allait pas s'écarter pour ramener une nuit profonde. Sa sœur, n'osant pas y croire encore, s'était assise, elle, sur la valise qui contenait leurs malheureux vêtements. Courbant son maigre dos, les mains jointes, elle répétait, saisie d'une immense vénération :

— La noble créature ! La noble créature !

Et elle n'oubliait point son éternelle toux semblable au grincement d'un essieu mal huilé, toux de théâtre cherchant les notes de poitrine à la fin de ses quintes.

— Il faudrait cependant ranger un peu, ajouta-t-elle, se levant très décidée.

Elle ouvrit la malle, en tira le tableau des moutons sur ciel clair, alla l'accrocher dans un coin. Alors Jacques, remué par un attendrissement inexplicable, vint à ce tableau, l'embrassa en pleurant.

— Vois-tu, sœur, j'avais toujours eu l'idée que mon talent nous porterait bonheur. Et toi qui me disais qu'il vaudrait mieux courir les filles que de gratter du charbon le long des murs.

Marie se gaussa, faisant rentrer sa courte échine dans ses épaules.

— Tiens ! comme si ta figure ne valait pas celle de tes sales moutons !

Il ne put s'empêcher de rire ; ses larmes séchèrent et il murmura :

— Tu es folle ! Mademoiselle de Vénérande est une artiste, voilà tout ! Elle a pitié des artistes ; elle est bonne, elle est juste... Ah ! les ouvriers pauvres ne feraient pas souvent des révolutions s'ils connaissaient mieux les femmes de la haute !

Marie eut un rictus mauvais. Elle gardait son opinion. Quand elle songeait à cette femme *de la haute*, toutes les scènes de vice qu'elle avait vécues lui remontaient en fumées malsaines à la tête, et elle voyait alors le monde entier aussi plat que l'était naguère son lit de prostituée après le départ du dernier amant.

En philosophant d'une voix un peu lente qui désire se faire écouter, Jacques allait et venait, disséminant les armes des panoplies qu'on n'avait pas eu le temps de poser. Il collait tous les fauteuils contre les murs n'ayant jamais assez de place pour promener ses orgueils de nouveau propriétaire.

Les chevalets de bois des îles furent mis en troupe dans l'angle où se dressait une Vénus de Milo très éblouissante, sur un socle de bronze. Il voulut compter les bustes et les apporta au pied de la déesse, comme on empile des pots de réséda dans la gouttière d'une grisette. Par instants il jetait un petit cri de plaisir, caressant les urnes des majoliques et les luisantes feuilles du palmier qui émergeait d'un pouf, au centre de l'atelier. Il essayait jusqu'aux tabourets errants sur la moquette du tapis de pied, il les éprouvait à coup de poing ou les lançait au plafond.

Le vitrage donnait dans l'endroit le plus découvert du boulevard Montparnasse, en face de Notre-Dame-des-Champs. Il était drapé d'un baldaquin de satin gris relevé de velours noir brodé d'or. Toutes les tentures rappelaient ces nuances et les portières égyptiennes à motifs étranges, très vifs, éclataient d'une façon merveilleuse sur ce gris de nuage printanier.

Au bout d'une heure, l'atelier rappela presque la mansarde de la rue de la Lune, moins les taches de graisse et les chaises crevées ; mais on sentait que ce complément ne tarderait pas à arriver. Marie décida qu'on mettrait deux couchettes de fer dans le cabinet des modèles, car l'atelier possédait un demi-cercle tendu de larges rideaux, et garni en pourtour d'un paravent du Japon, laqué, rose et bleu. On ferait sa toilette comme on pourrait, puis on roulerait les deux cages sous le paravent. Elle imagina même de se servir d'un gros crachoir de cuivre ciselé comme boîte à ordures. Ils ne pensaient pas du tout à soulever les portières, supposant que cela faisait partie des ornements avec les trophées de vieilles armes.

— Nous *laverons* ces casseroles-là, dit Marie, pleine de son sujet, pour avoir des marmites économiques. J'adore la cuisine à *l'étouffée*—elle désignait les casques romains que son frère essayait de temps en temps.

— Oui, oui, répondait Jacques, se campant vis-à-vis la glace qui lui renvoyait, multipliées, toutes les splendeurs de son paradis,— fais ce que tu veux, sans te fatiguer. Ce serait trop bête de reprendre une fièvre ici... nous avons d'autres chats à fouetter. Mets-toi chez nous, trempe la soupe sur les canapés, si ça te plaît. Je suis bien le maître, n'est-ce pas ? Dis donc, il faudra travailler. Les fleurs m'ont rouillé les doigts ; il faudra que je me dérouille lestement. Et puis... le portrait de la tante, le portrait de ses domestiques, si elle y tient. Je ne suis pas un ingrat... je crois que je me saignerais les quatre veines pour cette femme-là. Il n'y a pas de bon Dieu, ou c'est elle qui en est un. A propos, notre horloge va sonner, attention !

L'horloge, représentant un phare, surmonté d'une boule lumineuse, sonna six heures, et brusquement la boule prit feu, un feu opalin qui permettait de tout voir dans une pénombre délicieuse.

— Pas possible, s'exclama Jacques, étourdi de cette nouvelle métamorphose, voilà l'heure de la lumière et la lumière arrive toute seule. Je commence à croire que nous sommes dans une pièce du Châtelet.

— Elle a rien du vice, marmotta Marie Silvert, répondant à ses idées égrillardes.

— L'horloge ? riposta Jacques avec une naïveté de gamin.

Le fait est que la lumière ne s'éteignait point et, pour du vice, cette pendule en répandit. Les draperies se noyèrent dans une vague teinte irisée, remplie de mystères charmants. On aperçut les magots chinois levant leurs jambes bouffies d'étoffe ; les nymphes de terre cuite s'élancèrent dans une espèce de vapeur flottante, insaisissable, elles arrondirent des bras vivants, elles décochèrent des sourires humains, et les mannequins disloqués eurent des gestes très brutaux à l'intention de la tunique chaste de la Vénus impériale.

— Écoute, j'ai encore quarante sous. Je vais chercher un litre et du fromage d'Italie. Ça y est-il ?

— Parbleu, je meurs de faim !

Jacques, dans son enthousiasme, la poussa vers la porte et bientôt les pas de la fille s'éteignirent dans l'escalier.

Il revint se jeter dans le grand divan, derrière l'horloge. Depuis une minute, il avait le corps tout chatouillé par le désir de la soie, de cette soie épaisse comme une toison qui tapissait la plupart des meubles de l'atelier. Il se vautra, baisant les houppes et les capitons, serrant le dossier, frottant son front contre les coussins, suivant de l'index leurs dessins arabes.

Fou d'une folie de fiancée en présence de son trousseau de femme, léchant jusqu'aux roulettes à travers les franges multicolores.

Il aurait oublié le dîner si une main ne s'était mise, autoritaire, dans sa rage de bonheur et ne l'avait secoué d'importance. Il fit un bond, tremblant d'ouïr les aigres sarcasmes de Marie, cette perpétuelle mécontente. Alors il reconnut Mlle de Vénérande. Elle était entrée sans bruit et venait probablement surprendre l'artiste en pleine admiration, devant le piédestal d'une statue. Elle pouvait même supposer que le pinceau serait déjà trempé, la toile humide, la composition préparée... Elle trouvait un enfant se livrant à des exercices de clown sur des ressorts neufs. Cela, tout d'abord, la navra... puis elle en rit, et ensuite elle s'avoua que c'était fort juste.

— Allons, dit-elle, de son accent bref de maîtresse de maison donnant un ordre, allons, tâchez d'être un homme raisonnable, mon pauvre Silvert ; je viens vous aider, je pense que vous n'y voyez pas d'inconvénient.

Elle l'examina.

— Eh bien, votre tenue de travail ? J'espérais que vous sauriez faire tout seul une toilette présentable ?

— Ah ! mademoiselle, ma chère bienfaitrice, commença, suivant les recommandations de Marie, le jeune homme remis debout et passant les doigts dans ses cheveux, ce jour solennel décide de mon existence ; je vous devrai la gloire, la fortune, la...

Il resta court, intimidé par les yeux noirs superbes et fulgurants de Raoule.

— Monsieur Silvert, continua-t-elle, imitant son débit théâtral, vous êtes un polichinelle, c'est mon avis... Vous ne me devez rien du tout... mais vous n'avez pas l'ombre de sens commun, et vous serez condamné, j'en ai peur, aux petits moutons trop raides sur des prairies trop tendres. J'ai un an de plus que vous, je brosse une académie présentable dans l'espace de temps qu'il vous faut pour tortiller une pivoine. Je peux donc me permettre une virulente critique de vos œuvres.

Elle l'empoigna par l'épaule et lui fit faire le tour de l'atelier.

— C'est ainsi que vous arrangez le désordre ? Où se trouve donc enfoui votre sentiment du beau, à vous, hein ? Répondez... J'ai envie de vous étrangler.

Elle envoya son manteau sur un fauteuil et apparut, svelte, le chignon tordu, très relevé, vêtue d'un fourreau de drap noir à queue tortueuse, tout passementé de brandebourgs. Aucun bijou, cette fois, ne scintillait pour égayer ce costume presque masculin. Elle portait seulement à l'annulaire gauche une chevalière en camée, sertie de deux griffes de lion.

Lorsqu'elle ressaisit la main de Jacques, il fut griffé. Malgré lui, une sensation de terreur le pénétra. Cette créature était le diable.

Elle fit exécuter à toutes les choses un branle des plus cyniques. Scandalisé, Jacques avait une moue !... Les nymphes s'appuyèrent sur le dos des satyres chinois, les casques coiffèrent les bustes, les glaces se renversèrent reflétant le plafond, les poufs roulèrent dans les supports grêles des chevalets et les trophées prirent des poses matamoresques.

— Nous sommes perdus, pensa le fleuriste de la rue de la Lune.

— Maintenant, venez ; il faudra vous habiller vous-même, et je doute beaucoup du succès.

Elle ricanait, Raoule, se disant qu'on ne ferait rien de ce garçon à chair lourde.

Une portière se tira. Jacques poussa une exclamation.

— Ah ! je comprends, vous n'avez pas l'idée d'une chambre à coucher : cela dépasse votre cerveau.

Elle alluma une des bougies de cire qui garnissaient les torchères et le précéda dans une pièce tendue de bleu pâle. Il y avait un lit à colonnes dont les draperies vénitiennes, camaïeu sur verdure, se brochaient de points de Flandre. Raoule avait fait donner simplement aux tapissiers les restes de sa propre chambre d'été. Un cabinet de toilette avec une baignoire en marbre rouge attenait.

— Enfermez-vous... Nous causerons à travers la bro-catelle.

En effet, ils causèrent, chacun derrière le rideau du cabinet, lui pataugeant dans l'eau qu'il trouvait froide, le bain ayant été préparé avant leur arrivée ; elle, riant de ses inepties.

— Mais souvenez-vous donc que je suis un garçon, moi, disait-elle, un artiste que ma tante appelle son neveu... et que j'agis pour Jacques Silvert comme un camarade d'enfance...

— Là, est-ce fini ? Vous avez du Lubin au-dessus de la baignoire, un peigne à côté. Est-il amusant, ce petit ? Mon Dieu, est-il drôle ?...

Jacques tâtonnait. Après tout, le grand monde devait être plus libre que celui qu'il connaissait.

Et, s'enhardissant, il émettait des réflexions polissonnes lui demandant si elle ne le regardait pas, car ça le gênerait, naturellement...

Il lui fit des confidences, racontant de quelle façon son pauvre père était mort dans un engrenage à Lille, le pays natal, un jour qu'il avait bu un coup de trop ; comment sa mère les avait chassés pour s'acoquiner avec un autre homme. Ils étaient partis tout jeunes, frère et sœur, pour Paris... Cette gueuse de sœur en savait déjà si long ! Ils avaient gagné leur misérable pain dur... Il ne parla point des débauches de Marie, mais il se mit à se moquer afin de chasser une langueur triste qui lui serrait la poitrine. On leur faisait l'aumône... comment pourrait-il reconnaître ? Hélas ! c'était bien humiliant, et il oubliait les recommandations vicieuses de Marie en contemplant, sous les miroitements de l'eau, l'égratignure que lui avait faite la chevalière.

Enfin il y eut un fracas dans la baignoire.

— J'en ai assez ! — déclara-t-il, troublé subitement par la honte de lui devoir aussi la propreté de son corps.

Il chercha un linge et resta ruisselant, les bras en l'air. Il lui sembla qu'on froissait le rideau.

— Vous savez, *Monsieur* de Vénérande, dit-il d'un ton boudeur, même entre hommes ce n'est pas convenable... Vous regardez ! Je vous demande si vous seriez content d'être à ma place.

Et il pensa que cette femme voulait absolument qu'on lui sautât dessus.

— Elle sera bien plus attrapée, ajouta-t-il de très mauvaise humeur, les sens tout apaisés par les fraîcheurs de son bain, et il passa un peignoir.

Clouée au sol, derrière le rideau, Mlle de Vénérande le voyait sans avoir besoin de se déranger. Les lueurs douces de la bougie tombaient mollement sur ses chairs blondes, toutes duvetées comme la peau d'une pêche. Il était tourné vers le fond du cabinet et jouait le principal rôle d'une des scènes de Voltaire, que raconte en détail une courtisane nommée Bouche-Vermeille.[14]

---

[14]There is no character in Voltaire called Bouche-Vermeille (Ruby Lips), but in 1725 he wrote a "divertissement" for a party given by the marquis de Livry. In one scene, Voltaire addresses the marquise de

Digne de la Vénus Callipyge,[15] cette chute de reins où la ligne de l'épine dorsale fuyait dans un méplat voluptueux et se redressait, ferme, grasse, en deux contours adorables, avait l'aspect d'une sphère de Paros aux transparences d'ambre. Les cuisses, un peu moins fortes que des cuisses de femme, possédaient pourtant une rondeur solide qui effaçait leur sexe. Les mollets, placés haut, semblaient relever les jambes, de même que les fesses semblaient retrousser tout le buste, et cette impertinence d'un corps paraissant s'ignorer, n'en était que plus piquante. Le talon, cambré, ne portait que sur un point imperceptible, tant il était rond.

Les deux coudes des bras allongés avaient deux trous roses. Entre la coupure de l'aisselle et, beaucoup plus bas que cette coupure, dépassaient quelques frisons d'or s'ébouriffant. Jacques Silvert disait vrai, il en avait partout. Il se serait trompé, par exemple, en jurant que cela seul témoignait de sa virilité.

Mlle de Vénérande recula jusqu'au lit ; ses mains nerveuses se crispèrent dans les draps ; elle grondait

---

Prie, telling the story of a poet who was kissed by a queen while he slept, and encouraging her (the marquise) not to wait until *he* (the poet, Voltaire) falls asleep before rewarding his verses with her ruby lips.

[15]*Callipyge,* from the Greek *Kallipygos,* means "beautiful buttocks." The epithet *callipygean* is applied to certain works depicting the goddess of love, such as the statue in the National Archaeological Museum of Naples.

comme grondent les panthères que vient de fustiger la souple cravache du dompteur :

— Poème effrayant de la nudité humaine, t'ai-je donc enfin compris, moi qui tremble pour la première fois en essayant de te lire avec des yeux blasés. L'homme ! Voilà l'homme ! Non Socrate et la grandeur de la sagesse, non le Christ et la majesté du dévouement, non Raphaël et le rayonnement du génie, mais un pauvre dépouillé de ses haillons, mais l'épiderme d'un manant. Il est beau, j'ai peur. Il est indifférent, je frissonne. Il est méprisable, je l'admire ! Et celui qui est là, comme un enfant dans des langes prêtés pour une seconde, entouré de hochets que mon caprice lui retirera bientôt, je le ferai mon maître et il tordra mon âme sous son corps. Je l'ai acheté, je lui appartiens. C'est moi qui suis vendue. Sens, vous me rendez un cœur ! Ah ! démon de l'amour, tu m'as faite prisonnière, me dérobant les chaînes et me laissant plus libre que ne l'est mon geôlier. J'ai cru le prendre, il s'empare de moi. J'ai ri du coup de foudre et je suis foudroyée... Et depuis quand Raoule de Vénérande, qu'une orgie laisse froide, se sent-elle bouillir le crâne devant un homme faible comme une jeune fille ?

Elle répéta ce mot : une jeune fille !

Affolée, d'un bond elle revint à la portière du cabinet de toilette.

41

— Une jeune fille !... Non, non... la possession tout de suite, la brutalité, l'ivresse stupide et l'oubli... Non, non, que mon cœur invulnérable ne participe pas à ce sacrifice de la matière ! Qu'il m'ait dégoûtée, avant de m'avoir plu ! Qu'il le soit ce qu'ont été les autres, un instrument que je puisse briser avant de devenir l'écho de ses vibrations !

Elle écarta la draperie d'un mouvement impérieux. Jacques Silvert finissait à peine de s'éponger le corps.

— Enfant, sais-tu que tu es merveilleux ? lui dit-elle avec une cynique franchise.

Le jeune homme poussa un cri de stupeur, ramenant son peignoir. Ensuite, navré, tout pâle de honte, il le laissa glisser passivement, car il comprenait, le pauvre. Sa sœur ne ricanait-elle pas, surgissant dans un coin. — Eh ! va donc, imbécile, toi qui te figurais que tu étais un artiste. Va donc, joujou de contrebande, va donc, amusette d'alcôve, fais ton métier.

Cette femme l'avait tiré de ses gerbes de fleurs fausses, comme on tire des fleurs vraies l'insecte curieux qu'on veut poser, en joyau, sur une parure.

— Va donc, animal de marée ! On n'est pas le camarade d'une fille noble. Les dépravées savent choisir !...

Il lui semblait entendre toutes ces injures bruire à son oreille pourpre, et sa blondeur de vierge prenait le même incarnat, tandis que les deux boutons de ses seins, avivés par l'eau, ressortaient, pareils à deux boutons de bengale.

42

— L'Antinoüs[16] est un de tes aïeux, je crois ? murmura Raoule lui jetant ses bras au cou et forcée par sa haute taille de s'appuyer sur ses épaules.

— Je ne l'ai jamais connu ! répondit le vainqueur humilié, courbant la tête.

Ah ! le bois cassé pour les maisons riches, les croûtes de pain ramassées au lit des ruisseaux, toute sa misère vaillamment supportée malgré les conseils perfides de sa sœur, la fille !... Ce rôle d'ouvrière joué avec art, ces petits outils ridicules lassant le sort par leur persévérance, où était tout cela ? Et comme tout cela valait mieux ! L'honnêteté ne l'étouffait point, mais on aurait bien pu être bon jusqu'au bout, lui laisser son illusion, et le temps de se créer une fortune pour rembourser un jour...

— M'aimeras-tu, Jacques ? demanda Raoule tressaillant au contact de ce corps nu que l'horreur de la chute glaçait jusque dans les moëlles.

Jacques s'agenouilla sur la traîne de sa robe. Il claquait des dents. Puis il éclata en sanglots.

Jacques était le fils d'un ivrogne et d'une catin. Son honneur ne savait que pleurer.

Mlle de Vénérande lui releva la tête ; elle vit rouler ces larmes brûlantes, les sentit retomber une à une sur son

---

[16]Antinous was a Bithynian slave who became the favorite of the Roman emperor Hadrian. Antinous is thus both a paragon of male beauty and a coded reference in some texts to male homosexuality.

43

cœur, ce cœur qu'elle avait voulu renier. La chambre tout à coup lui parut remplie d'aurore, il lui sembla respirer un parfum exquis, lancé soudain dans l'atmosphère enchantée. Son être se dilata, immense, embrassant à la fois toutes les sensations terrestres, toutes les aspirations célestes, et Raoule, vaincue, enorgueillie, s'écria :

— Debout, Jacques, debout ! Je t'aime !

Elle l'arracha de sa robe, courut à la porte de l'atelier, répétant :

— Je l'aime ! je l'aime !

Elle se retourna encore :

— Jacques, tu es le maître ici... Je m'en vais ! Adieu pour toujours. Tu ne me reverras plus ! Tes larmes m'ont purifiée et mon amour vaut ton pardon.

Elle s'enfuit, folle d'une atroce joie, plus voluptueuse que la volupté charnelle, plus douloureuse que le désir inassouvi, mais plus complète que la jouissance ; folle de cette joie qu'on appelle l'émotion d'un premier amour.

— Eh bien, dit tranquillement Marie Silvert après son départ, il paraît que le poisson a mordu... Ça va filer comme sur des roulettes, N[om] d[e] D[ieu] !

Chapitre IV

Marie avait la lettre dans sa poche, elle était bien persuadée maintenant que cette folle ne résisterait pas, qu'elle leur reviendrait plus sage, plus protectrice, plus *cossue* en fin, selon son expression faubourienne et alors on verrait cascader de nouvelles splendeurs. Sangdieu ! Les millions se figeraient autour du petit comme la gelée autour d'une daube ; il porterait tous les jours des habits de noce ; elle, traînerait, dans ses cuisines nauséabondes, des robes de moire. Il serait Monsieur, elle serait Madame !

La lettre contenait peu de phrases, mais elle expliquait une foule de choses très clairement :

« Viens, » avait écrit la fille avec des fautes d'orthographe et de l'encre bleue. « Viens ! chère femme de ton petit Jacques... Je me languis sans toi... nous avons fini les trois cents francs, et j'ai été obligé de faire vendre par Marie un pot qui avait un serpent dessus. C'est triste de se voir si vite abandonné quand on a goûté le ciel... Tu me comprends, n'est-ce pas ? Je crois que je vais tomber malade. Pour ma sœur, elle tousse toujours.

« Ton amour jusqu'à plus soif,
Jacques. »

Et, après avoir terminé ce chef-d'œuvre, Marie, malgré la mine bouleversée de son frère, était partie pour l'avenue des Champs-Elysées. Cet idiot ne saurait jamais prendre son rôle au sérieux. Heureusement qu'elle mettait son expérience du corps humain à sa disposition, et elle savait, dans les cas importants, comment *on fait des chatouilles* sous la mamelle gauche d'un amoureux ou d'une amoureuse.

45

Il pleuvait, ce jour-là, une pluie de Mars lente et péné-
trante ; on enfonçait dans toutes les allées de l'avenue.
Marie avait voulu faire l'économie d'une voiture, aussi
elle ne tarda pas à être éclaboussée depuis les bottines
jusqu'au chapeau.

Arrivée devant l'hôtel, ce grand bâtiment de sombre
aspect, elle se demanda si on n'allait pas la fourrer
dehors, dès son apparition dans le vestibule. Elle trouva,
en haut du perron, un gros suisse et un petit chien. Le
premier prit la lettre, le second grogna.

— Voulez-vous voir Mademoiselle ou Madame ?

— Mademoiselle.

— Eh ! Pierrot, une particulière qui veut cirer l'escalier
à sa façon, cria le suisse à un groom microscopique passant dans le vestibule.

C'était, en effet, fort drôle ; mais le groom attaché
au service spécial de Mademoiselle, eut une grimace
d'homme fait qui croit tout possible, même en temps de
pluie.

— C'est bon : je vais voir. Attendez là.

Il désigna une banquette. Marie ne s'assit pas et dit
grossièrement :

— Je ne pose pas dans l'antichambre, moi. Est-ce que
vous me prenez pour une ancienne concierge, espèce de
singe ?

Le groom tourna sur ses talons, ahuri, et, en domestique stylé, il murmura :

— Quelqu'un d'influent ! — car les costumes perdent
de plus en plus leur signification sous la République.

Mademoiselle était dans un boudoir attenant à sa
chambre. Lorsque Mme Ermengarde sortait, Raoule recevait chez elle ceux qui venaient, des deux sexes. Ce
boudoir donnait sur une serre, dont elle avait fait son
cabinet de travail. Au moment où le groom fit irruption,
un homme se promenait dans la serre à pas précipités,
tandis que mademoiselle de Vénérande, étendue sur une
causeuse créole, se balançait, riant aux éclats.

— Vous me damnez, Raoule, répétait l'homme, jeune
encore, de physionomie brune à la slave, mais éclairée
d'une vivacité toute parisienne. Oui ! vous me damnez,
en admettant que je puisse avoir déjà mérité le ciel... Rire
n'est pas répondre... Je vous affirme qu'une femme ne vit
pas sans amour, et vous savez que j'entends par amour
l'union des âmes dans l'union des êtres. Je suis franc. Je
n'entortille jamais une phrase sensée de jolies fadeurs,
comme on entoure de confitures un remède amer... Je
vous déclare ça brusquement, d'une façon hussarde, et,
quand j'aperçois le fossé, je ne m'attarde pas à effeuiller
des marguerites. Hop ! Je presse l'éperon et vous envoie
toute la charge, Raoule de Vénérande, *mon cher ami !* ne

vous mariez pas, soit ! mais prenez un amant : c'est nécessaire à votre santé.

— Bravo ! Monsieur de Raittolbe ! Je parie même que ma santé ne sera vraiment tout à fait florissante que si l'amant est un officier de hussards, brun, ayant le parler franc, le regard effronté, le ton autoritaire, hein ?

— Ma foi, je l'avoue, je vais plus loin... je propose le hussard en question pour mari... Au choix ! ancienneté ou services exceptionnels ! Nous sommes cinq qui depuis trois ans vous faisons une cour échevelée. Le prince Otto, le mélomane, est devenu fou, et a mis, paraît-il, votre portrait en pied dans une chapelle ardente, ou brûlent autour d'un lit de repos, des cierges de cire jaune... et là, il soupire de l'aurore au crépuscule. Flavien, le journaliste, passe dans ses cheveux une main tremblante dès qu'on prononce votre nom. Hector de Servage, après le congé en bonne forme donné par votre tante, est allé en Norwège essayer des réfrigérants. Votre maître d'escrime a failli se passer une de ses meilleures épées au travers des côtes. Donc, votre humble serviteur demeurant seul... avec l'honneur de vous tenir l'étrier pour les promenades au Bois,[17] j'imagine que vous le devez contempler d'un

---

[17]The Bois de Boulogne (Boulogne Wood) is a famous park on the (then) western edge of Paris. In the late nineteenth century one could ride horses there. A ride in an open carriage in the park during the afternoon was also an important social ritual for the upper class (and those who aspired to it).

moins mauvais œil, et il présente sa candidature. Voulez-vous, Raoule, que nous abritions notre amitié dans une alcôve conjugale ? Elle y sera plus au chaud...

Raoule, se levant, allait rejoindre M. de Raittolbe quand le groom entra.

— Mademoiselle, voici une lettre pressée.

Elle se retourna.

— Donne.

— Vous permettez ? ajouta-t-elle en s'adressant au hussard qui cassait une plante du Japon en petits morceaux pour tâcher d'écouler sa rage. Il tourna le dos, furieux, sans lui répondre. C'était la millième fois que cette conversation se brisait juste à l'endroit le plus intéressant.

M. de Raittolbe, peu patient, alluma sournoisement un cigare, et enfuma toute une bordure d'azalées, en jurant qu'il ne reviendrait jamais chez cette hystérique, car, selon ses idées, on ne pouvait qu'être hystérique dès qu'on ne suivait pas la loi commune.

Raoule, lisant, avait pâli.

— Mon Dieu ! murmura-t-elle, il veut de l'argent ; je suis tombée dans la boue !

— Faites entrer cette pauvre créature, reprit-elle d'un ton dégagé, je tiens à lui donner tout de suite ce qu'elle désire.[18]

---

[18]The French leaves it ambiguous as to whether Raoule is expecting to see Jacques or Marie. The subject pronoun *elle* in "ce qu'elle

— Et à me refuser l'explication que je demande ? grommela l'officier hors de lui.

Tranquillement, Raoule l'enferma dans la serre et revint s'asseoir, pâle comme une morte. Son front se baissa, elle incrusta ses ongles longs dans le papier couvert d'encre bleue.

— De l'argent ! oh ! non, je ne succomberai pas ! Je lui enverrai ce qu'il veut, sans aller le tuer !... Est-ce sa faute ? Est-ce que l'homme du peuple, parce qu'il sera beau, devra aussi ne pas être abject ? Allons ! Ce calice a bien fait de s'offrir : je ne le repousse pas... au contraire, je vais y puiser une nouvelle vie.

La toux gutturale de Marie Silvert lui fit redresser la tête. Raoule se mit debout, tout à coup, menaçante et plus hautaine qu'une déesse parlant dans l'empyrée.

— Combien ? dit-elle, en déployant derrière elle l'immense traîne de sa robe de velours.

Marie acheva sa quinte... elle ne s'attendait pas à ce mot là tout de suite... Diable ! ça se gâtait... on aurait pu commencer plus en douceur, par le sentiment, les questions tendres... Un caprice, ça se mijote comme un ragoût, et on ajoute le poivre à la dernière heure.

— Vous savez ? le petit s'ennuie, déclara-t-elle avec un sourire plein de sous-entendus malpropres.

---

désire" may refer back to "créature," a noun that is grammatically feminine regardless of referent.

— Combien ? répéta Raoule saisie d'une colère aveugle, cherchant des yeux un couteau.

— Ne vous fâchez pas, Mademoiselle, l'argent est une manière de parler dans sa lettre ; il voudrait surtout vous voir, l'enfant... C'est un bébé jamais raisonnable, un pleurnicheur trop sensible ! Il s'est figuré que votre béguin était déjà envolé, et, va te faire lanlaire ! Tous mes compliments sont perdus. S'il ne vous revoit pas, il se fera périr, j'en ai une peur terrible. Ce matin, en regardant son verre, il me disait qu'il lui servirait bientôt de poison. Pauvre chat ! Si ça ne brise pas l'âme ! A son âge ! Et si blond, si blanc ! Enfin vous le connaissez ? Alors, j'ai mis ma jupe des dimanches... Ne laisse pas agoniser ton frère, que je me suis dit. Et me voilà ! Pour l'argent, on est pauvre, mais on est fier. Nous en causerons après !...

Elle frottait son pied sur le tapis du boudoir, éprouvant une joie intime à salir un peu *la haute*, et elle secouait son parapluie déteint, dont elle n'avait pas voulu se séparer.

Raoule marcha droit au bonheur du jour qui se trouvait en face d'elle ; d'un revers de main, elle écarta la fille comme on jette de côté une loque, lorsqu'elle va vous cingler la figure.

— J'ai mille francs, là... je vous en enverrai mille autres, ce soir... mais ne restez pas une seconde de plus...

51

je ne connais pas votre frère... j'ignore où il demeure...
vous... je ne sais pas votre nom. Prenez et sortez !

Elle posa les billets sur un fauteuil, lui faisant signe de
les y prendre. Ensuite, elle sonna...

— Jeanne, dit-elle à la femme de chambre, recon-
duisez Madame.

— Ah ! mais.... gronda la fleuriste stupéfaite.

Elle fut emmenée, presque à bras tendus, par Jeanne.
Le poing du suisse la lança dans l'avenue, et le petit
chien, descendant le perron, appuya de quelques
hurlements aigus.

— Vous vous ennuyez, baron ? interrogea Raoule, ren-
trant souriante dans la serre.

— Mademoiselle, riposta de Raittolbe au comble de
l'impatience, vous êtes un agréable monstre, mais l'étude
du fauve n'a de charmes réels qu'en Algérie... Alors je
vous fais mes adieux, ce soir ; demain matin je mets à la
voile pour Constantine. Vous tienne l'étrier qui voudra.
Pour moi, je ne tiens plus.

— Ah ! ah ! Il me semblait cependant que vous m'aviez
offert, tout à l'heure, votre nom !...

De Raittolbe serra les poings.

— Quand on pense que j'ai donné ma démission pour
chasser le tigre ! continua-t-il ne l'écoutant même pas.

— ... Que vous m'avez très carrément demandée en
légitime mariage !...

— ... Pour chasser le tigre dans le parc de Vénérande, un tigre affublé d'une amazone... [19]

— ... Sans passer par ma tante et les lois de l'étiquette, Monsieur !

— ... Je me trouve grotesque, Mademoiselle !

— C'est mon avis, ajouta philosophiquement Raoule.

Le baron de Raittolbe resta court. Ils se regardèrent un instant, puis se mirent à rire aux éclats.

Enhardi, le jeune homme s'empara des mains de la jeune femme : ils allèrent s'asseoir sur un divan de la serre, un magnolia derrière leurs épaules.

— Ecoutez, l'amour sincère ne peut jamais être grotesque. Raoule, je vous aime sincèrement.

Il se pencha. Ses prunelles, un peu moqueuses, s'emplirent d'une humidité qu'un simple effort des nerfs de la face y faisait monter, et non la tendresse dont il voulait l'entretenir, puis il lui baisa les doigts un à un, s'arrêtant pour la regarder entre chaque caresse.

— Raoule... je vous ai abandonné mon cœur... je ne m'en irai pas sans vous le reprendre, et comme je l'ai placé

---

[19]The amazon figure was at the nexus of a number of related concerns about woman's place at the end of the nineteenth century in France. The Amazons were a tribe of female warriors on horseback, according to ancient Greek historians such as Herodotus, and thus they came to be associated with all forms of female militancy, but *amazon* later acquired a number of other connotations. At the fin de siècle, *amazon* could simply designate a female horse rider (riding amazon style intially meant riding sidesaddle), but the female eques-

très près du vôtre j'espère que vous vous tromperez...
deux cœurs de garçon, deux cœurs de hussard doivent être
du même rouge... Rendez-moi le vôtre... gardez le mien...
Dans un mois nous chasserons ensemble de vrais lions
dans une véritable Afrique.

— J'accepte ! répondit Raoule, et son regard sombre,
qui ne savait pas pleurer, eut une tristesse morne.

---

trian in the late nineteenth century was also associated with (illicit)
creativity and sexuality. Horse training for women became synony-
mous with the breaking of men, for example. Riding astride a horse
was considered unseemly for women, because it entailed the inappropriate spreading of legs. This anxiety expressed itself in concerns
about how riding might offer inappropriate genital stimulation (or
harm reproductive organs), an anxiety that applied also to the female
bicycle rider. The female cyclist was a stereotype for the (sexually)
liberated woman of the turn of the century (Rachilde used it in her
depiction of Missy in *La jongleuse*). One particular model of bicycle
then was called the Dahomien, a reference to the Amazons of
Dahomey (the Greek myth was revived in accounts of conflicts
between French colonial forces in Dahomey and indigenous
resistance). The need for freedom of movement in the legs necessary
for riding (both horses and bicycles) also led to the broader challenge to
social and legal rules about the wearing of trousers (a debate familiar in
the United States through the advocacy of bloomers for female
cyclists). In France, one of the first official relaxations of legislation
against female cross-dressing came in the form of an exemption for
women who were accompanied by a horse or a bicycle (certain medical and work-related exemptions were already allowed). That such
activities (the riding and the clothing associated with it) were viewed
as a challenge to gender boundaries is reflected in the description of
the new woman as a *garçonne* (morphologically a female boy). As an
extension of the perception that the amazon violates gender expectations, *amazon* can also serve as a coded reference to female homosexuality. For more on the female equestrian and her connotations,
see Weil.

54

— Vous acceptez, quoi ?... fit de Raittolbe la poitrine oppressée.

La jeune femme avec une dignité suprême repoussa ses mains tendues.

— De vous avoir pour amant, mon cher, vous ne serez pas le premier et je suis *honnête homme* !...

— Je le savais, répliqua doucement de Raittolbe ; à présent, je crois que je vous adore !

Le soir le jeune officier dîna à l'hôtel de Vénérande. Il fut pour la tante Ermengarde le plus courtois des chevaliers. Il développa une tirade sur la dévotion qui aveugle la femme sur les misères humaines et l'élève au-dessus de la terre impure. Tante Ermengarde avoua que les hussards étaient de bons enfants. En prenant congé, de Raittolbe glissa un mot à l'oreille de Raoule.

— J'attends...

— Demain, murmura-t-elle, hôtel Continental. Mon coupé brun entrera par la porte de gauche vers dix heures du matin.

— Il suffit.

Et le viveur se retira calmé.

Le lendemain le coupé brun fut commandé vers dix heures et Raoule se jeta dans la voiture avec une gaîté fébrile. Certes, il en serait ainsi, elle se l'était juré et puisqu'*il* se trouvait, au demeurant, mieux que les autres, il l'amuserait peut-être davantage. Une erreur des sens n'est pas l'épanouissement d'une âme, et la beauté d'une forme humaine n'est pas capable d'inspirer le désir de s'attacher à elle par une éternité de folie.

Elle chantait en boutonnant ses gants. La glace du coupé lui renvoyait son image, son corsage ruisselant de dentelles allait bien, elle se sentait *femme* jusqu'au plaisir.

— Mademoiselle veut-elle entrer ? dit le cocher se penchant à la vitre au bout d'une course rapide.

— Non ! Arrêtez, quand je serai descendue vous entrerez par la porte de gauche et m'y attendrez jusqu'au soir !...

La voix de Raoule était devenue sifflante. Elle descendit, avisa un fiacre stationnant, s'y précipita :

— Notre-Dame-des-Champs, boulevard Montparnasse ! dit-elle pendant que l'autre voiture, vide, se dirigeait, selon ses ordres, vers la porte, à gauche.

Durant tout le chemin, elle n'y avait pas songé et une fois en présence du sacrifice, le corps, qui ne s'appartenait plus, venait de se révolter. Raoule avait cédé sans aucune contestation.

L'atelier du boulevard Montparnasse lui parut lugubre en arrivant, mais dans le fond s'ouvrait la chambre à coucher toute bleue comme un coin du ciel. Marie Silvert se retira dès que Raoule en eut dépassé le seuil.

— Tiens, fit-elle, nous allons régler nos petites affaires après déjeuner. Ce sera chaud, je t'en réponds, drôlesse !

Mlle de Vénérande, pour s'isoler, détacha les portières épaisses.

— Jacques !... appela-t-elle durement.

Il se mit la figure dans son traversin, ne voulant pas croire à cet excès d'infamie.

— Je n'ai pas écrit la lettre ! cria-t-il, je vous l'assure, je n'aurais pas osé. D'ailleurs, je veux m'en aller, je suis malade. On me rend malade pour me forcer à rester dans ce lit... Marie est capable de tout, je la connais ! Vous !... je ne peux pas vous souffrir !...

Son énergie épuisée, il reglissa au plus profond de ses couvertures, se repliant sur lui-même comme un animal battu.

— Bien vrai ? demanda Raoule, secouée par un frisson délicieux.

— Oui, bien vrai ! Il remonta au jour sa tête ébouriffée, tandis que son admirable teint de blond prenait une nuance rose.

— Alors, pourquoi l'avoir laissée partir, cette lettre ?

— Je ne savais pas, moi ! Marie me certifiait que j'avais la fièvre, *sa fièvre*. Elle m'a donné une drogue et j'ai eu le délire toutes les nuits, elle disait que c'était de la quinine ; je l'aurais bien retenue, seulement la poigne m'a manqué. Ah ! vous pouvez le remballer votre atelier de malheur ! Dieu de Dieu !...

Essoufflé, il essaya de s'asseoir sur son séant, ce qui fit que Raoule s'aperçut d'une chose étrange : il avait une chemise de femme, une chemise garnie d'un feston.

— C'est elle aussi qui t'arrange de la sorte ? dit Raoule en touchant le feston sur son cou.

Vous croyez que j'ai du linge ? Il y a longtemps que mes lambeaux sont loin. J'avais froid, on m'a collé ça sur la peau... Est-ce que je sais si c'est une chemise de femme, moi !...

— Oui, c'en est une, Jacques !

Ils s'envisagèrent un instant, se demandant s'il fallait rire de l'aventure.

Marie cria du fond de l'atelier :

— Je vais mettre deux couverts, n'est-ce pas ?...

Alors acquiesçant à tout pour avoir la paix dans sa honte qui commençait à la griser, Raoule de Vénérande ferma la porte au verrou pendant que Jacques se décidait à rire de bon cœur. Puis elle revint, hésitante, vers le lit. Il avait un rire d'enfant très doux et bête à ravir, un rire plein de grâces, provocant, vous donnant de mauvais frissons. Elle ne cherchait pas à s'expliquer la force émanant de cette bêtise, elle s'en laissait envelopper comme le noyé se laisse envelopper par la vague après ses dernières luttes et s'abandonne pour toujours au courant. Elle écarta un peu la draperie bleue afin de mettre en lumière la tête du jeune homme.

— Tu es malade ? fit-elle machinalement.

— Je ne le suis plus, puisque je vous vois !... répondit-il d'un air vainqueur.

— Veux-tu me faire un plaisir, Jacques ?

— Tous les plaisirs, Mademoiselle !

— Eh bien ! Tais-toi. Je ne viens pas ici pour t'entendre.

Il se tut, assez vexé, se disant que le compliment sans doute n'avait pas paru neuf à cette renchérie. Les femmes du vrai monde sont gênantes dans l'intimité, et, pour un début, il tâtonnait beaucoup trop, il en avait conscience.

— Je vais dormir ! déclara-t-il tout à coup, ramenant son drap jusqu'à son nez.

— C'est cela ! Dors, murmura Mlle de Vénérande. Sur la pointe des pieds, elle alla faire glisser les stores, puis alluma une veilleuse dont le cristal dépoli laissa tomber une nuée dans l'atmosphère.

De temps en temps Jacques levait les cils, et ces choses discrètement accomplies par cette femme svelte, toute noire, lui donnaient une confusion atroce.

Enfin elle se rapprocha tenant une petite boîte d'écaille à la main.

— Je t'ai apporté, dit-elle avec un sourire mater-
nel, un remède qui ne ressemble pas du tout au quinine de ta sœur. Tu vas le prendre pour dormir plus
vite !...

Elle mit son bras autour de sa tête et une cuiller de vermeil à portée de sa bouche.

— Soyons sage !... fit-elle en plongeant son regard
sombre dans le sien.

— Je ne veux pas ! déclara-t-il d'un accent de colère.

Il se souvenait maintenant d'avoir acheté sur les quais,
en un jour de liesse, un méchant livre de vingt-cinq
centimes intitulé : *Les exploits de la Brinvilliers* et c'était
toujours avec une idée d'empoisonnement qu'il pensait aux amours des grandes dames.[20] Son cerveau, un
peu affaibli, se retraça, tout de suite, une tentative
criminelle faite par une cagoule de velours sur un monsieur déshabillé. Il vit le monsieur repoussant une tasse
d'un geste tordu. Raoule voulait sûrement se débar-
rasser de lui, il y a des créatures qui ne reculent devant
rien quand elles se croient compromises ! Aussi,
Jacques posa-t-il le poing en avant, prêt à l'écraser à son
premier mouvement offensif. Pour toute réponse

---

[20]The marquise de Brinvilliers was executed in 1676 after a trial that
led to her conviction for having poisoned her father and two broth-
ers. She was the subject of a number of works in the nineteenth century. Edmé Pirot's *La marquise de Brinvilliers, récit de ses derniers
moments*, for example, appeared in 1883.

Raoule mordit du bout des dents au contenu de sa cuiller.

— Je ne suis pas un nourrisson ! fit-il désorienté. On n'a pas besoin de me mâcher les morceaux ! Et il avala sans sourciller ce remède verdâtre, au goût de miel.[21] Raoule s'assit sur le rebord du lit tenant ses deux mains et lui souriant d'un sourire à la fois heureux et navré.

— Mon amour, murmura-t-elle si bas que Jacques entendait comme on entend du fond d'un abîme, nous allons nous appartenir dans un pays étrange que tu ne connais point.

Ce pays est celui des fous, mais il n'est pourtant pas celui des brutes... Je viens te dépouiller de tes sens vulgaires pour t'en donner d'autres plus subtils, plus raffinés. Tu vas voir avec mes yeux, goûter avec mes lèvres. Dans ce pays, on rêve, et cela suffit pour exister. Tu vas rêver, et, tu comprendras alors, quand tu me reverras, dans ce mystère, tout ce que tu ne comprends pas quand je te parle ici !

---

[21]The references to green paste or jam were no doubt familiar to Rachilde's readers as allusions to hashish (sometimes mixed with opium). Baudelaire, for example, repeatedly refers to it as "confiture verte" in his essays on wine and hashish, such as "Du vin et du haschisch" (1851) and "Les paradis artificiels" (1860). Rachilde's description of Jacques's hallucinations may be compared with Baudelaire's account of the effects of a spoonful of hashish taken in a cup of coffee, in chapter 4 of "Du vin et du haschisch," for example.

Va ! je ne te retiens plus et j'unis mon cœur à tes plaisirs !...

Jacques, la tête renversée, tâchait de ressaisir ses mains. Il croyait rouler, peu à peu, dans une ondée de plumes. Les rideaux prenaient des contours fluides et les glaces de la chambre, se multipliant, lui renvoyaient mille fois la silhouette d'une femme noire, immense, planant comme un génie carbonisé qu'on précipite de toute la hauteur des cieux. Il tendait tous ses muscles, raidissait tous ses membres, voulant revenir, malgré lui, à la dépouille vulgaire qu'on lui retirait, mais il s'enfonçait de plus en plus. Le lit avait disparu, son corps aussi. Il tournoyait dans le bleu, il se transformait en un être semblable au génie planant. Il avait cru tomber d'abord, et, au contraire, il se trouvait bien au-dessus de ce monde. Il avait, sans explication possible, la sensation orgueilleuse de Satan qui, tombé du Paradis, domine pourtant la terre et a, en même temps, le front sous les pieds de Dieu, les pieds sur le front des hommes !

Il lui paraissait vivre ainsi depuis de longs siècles, avec la femme noire, lui, tout resplendissant d'une nudité lumineuse.

A son oreille, bruissaient les chants d'un amour étrange n'ayant pas de sexe et procurant toutes les voluptés. Il aimait avec des puissances terribles et la chaleur d'un soleil ardent. On l'aimait avec des ivresses effrayantes et une science si exquise que la joie renaissait au moment de s'éteindre.

L'espace, devant eux, s'ouvrait infini, toujours bleu, toujours miroitant... là-bas, dans le lointain, une sorte d'animal étendu les contemplait d'un air grave...

Jacques Silvert ne sut jamais comment il fit, à cet instant de bonheur presque divin, pour se lever. En revenant à lui, il se trouva debout, le talon posé nerveusement sur le crâne du grand ours qui lui servait de descente de lit. Il avait les yeux égarés dans une glace de Venise et la chambre était très silencieuse. Derrière la portière, une voix demanda :

— Voulez-vous dîner, Mademoiselle ?

Jacques aurait certifié qu'il n'y avait pas une minute qu'on avait demandé : Voulez-vous déjeuner ?...

Il s'habilla à la hâte, mouilla ses tempes avec une éponge imbibée de vinaigre de toilette et balbutia :

— Où est-elle ? Je ne veux pas qu'elle s'en aille !

— Me voici, Jacques ! répondit-on. Je ne t'ai pas quitté, car tu avais encore le délire.

Raoule parut, soulevant la draperie qui masquait la salle de bain. Elle était toujours très svelte, très noire. Ses doigts rattachaient à son cou le fermoir d'un collier.

— Ce n'est pas vrai ! cria Jacques frémissant. Je n'ai pas eu le délire. Je n'ai pas rêvé ! Pourquoi me mens-tu ?[22]

Raoule lui prit les épaules et le fit fléchir sous une impérieuse pression.

— Pourquoi Jacques Silvert me tutoie-t-il ? Le lui ai-je permis ?

— Oh ! je suis brisé ! répéta Jacques essayant de se redresser. On ne se moque pas ainsi d'un homme quand il est malade. Raoule ! je ne vous tutoierai plus... Raoule ! je t'aime !... Ah ! je crois que je vais mourir !...

Divaguant, affolé, il se cacha dans les bras de Raoule.

— Est-ce que c'est fini ? ajouta-t-il en pleurant, est-ce que c'est tout à fait fini ?...

— Je te répète que tu as... rêvé. Voilà tout.

Et elle le repoussa, gagnant l'atelier sans vouloir en entendre davantage.

— Mademoiselle est servie ! déclara Marie Silvert lui tirant une révérence comme si rien ne devait étonner cette fille. Raoule alla vers la table, sur laquelle fumait un plat, et déposa, à côté d'une serviette roulée, une pile de pièces d'or.

---

[22]Jacques's first use of the *tu* form to Raoule (for which presumption she chastises him in the next line). It is a convention of the nineteenth-century novel that characters sometimes address each other in the *tu* form as a coded way of indicating to readers that they have had sexual relations.

— C'est son couvert, je crois ? dit-elle d'un ton très calme et en regardant Marie qui ne bronchait pas.

— Oui, je vous ai mis l'un devant l'autre.

— C'est bien, répliqua Raoule de la même voix indifférente, je vous souhaite, *à tous les deux*, le meilleur des appétits !

Et elle sortit, en remettant son gant.

Chapitre V

De Raittolbe, finissant par comprendre que Mlle de Vénérande avait simplement envoyé au rendez-vous du Continental une voiture vide, allait se retirer après neuf heures d'une attente rageuse quand, du côté de la porte de droite, un fiacre fit irruption ; Raoule en descendit, la voilette baissée, un peu inquiète, tâchant de voir sans être vue.

Le baron se précipita, stupéfait de cette audace.

— Vous ! exclama-t-il. C'est trop fort ! Une voiture jaune au lieu d'une voiture brune, et par la porte de droite au lieu de celle de gauche. Que signifie une semblable mystification ? ...

— Rien ne doit vous étonner, puisque je suis femme, répondit Raoule riant d'un rire nerveux. Je fais tout le contraire de ce que j'ai promis. Quoi de plus naturel !

— Oui, en effet, quoi de plus naturel ! On torture un pauvre soupirant, on lui donne à supposer des choses horribles, comme un accident, une trahison, un repentir tardif, une scène de famille ou une mort subite, puis on lui dit tranquillement : Quoi de plus naturel ? Raoule, vous mériteriez la salle de police. Moi qui croyais que Mlle de Vénérande était la loyauté poussée jusqu'à l'extravagance ! Ah ! je suis furieux ! !

— Vous allez me reconduire chez moi, dit la jeune femme, ne perdant pas son sourire. Nous dînerons sans ma tante, qui se livre à une foule de dévotions nocturnes, ces temps-ci, et en dînant je vous expliquerai ...

— ... Parbleu ! Vous vous êtes moquée de moi. J'en suis sûr.

— Montez d'abord, je vous jure de tout éclaircir ensuite, car je mérite ma réputation de loyauté, mon cher. Je pourrais vous cacher la situation, je ne vous cacherai rien. Qui sait ! (et elle eut une expression tellement amère qu'elle apaisa de Raittolbe). Qui sait si mon histoire ne vaudra pas ce que vous n'avez pas eu aujourd'hui !

Il monta dans le coupé brun, très boudeur, la moustache hérissée, les yeux ronds comme un dompteur intimidé par son élève.

Durant le trajet, il n'entama aucune discussion ; *l'histoire* lui paraissait même peu nécessaire puisqu'il allait dîner sous le toit de Raoule. Il savait que chez elle, et il n'était pas seul à le savoir, la nièce de Mme Ermengarde demeurait une vierge inattaquable, une sorte de déesse se permettant tout du haut d'un piédestal qu'on n'osait point renverser. Il marchait donc au supplice sans le moindre enthousiasme.

Raoule rêvait, les paupières mi-closes, regardant, à travers la nuit qu'elle faisait autour d'elle, une chose très blanche, ayant tous les contours d'un corps humain.

Arrivée à l'hôtel, elle fit porter une table servie dans sa bibliothèque, et, pendant qu'on mettait aux mains d'un esclave de bronze une lampe étrusque, elle s'assit sur un divan en priant le baron d'attirer pour lui un fauteuil capitonné, cela si gracieusement, que de Raittolbe se sentit très capable d'étrangler son amphytrion[23] avant de toucher au potage.

Les mets, une fois disposés sur deux servantes garnies de réchauds, Raoule déclara qu'on n'avait plus besoin de valet de chambre.

— Nous serons régence, n'est-ce pas ? dit-elle.[24]

---

[23]In Greek mythology, Zeus borrowed the form of Amphitryon in order to seduce Amphitryon's wife, Alcmene (the result was Hercules). In the seventeenth century, Molière, following Plautus, wrote a play that was probably the version of this story most familiar to Rachilde's contemporaries. The plot hinges on the presence of two identical Amphitryons (the real one and Jupiter in his disguise), in which the way to tell them apart is that the real one is a good host. To refer to someone as an amphitryon is thus to compliment them as a good host. In this case, the reference ironically invokes both hospitality and its abuse. Moreover, the reference suggests that Raoule is not herself but is possessed.

[24]An allusion to the elegant manners thought to characterize the ancien régime, which included the regency of the duke of Orléans (1715–23).

— Comme vous voudrez ! gronda le baron d'un ton sourd.

Un feu vif flambait dans la cheminée blasonnée de la pièce qui, toute tendue de tapisseries à personnages, transportait ses hôtes à quelques siècles en arrière, au temps où le souper du roi émergeait du sol dès qu'il frappait le sol de la poignée de son épée. Un panneau représentait Henri III distribuant des fleurs à ses mignons.[25] Près de Raoule se dressait le buste d'un Antinoüs couronné de pampres, ayant des yeux d'émail luisants de désirs.

Le long des reliures sombres des livres étagés par centaines, voltigeaient des noms profanes, Parny, Piron, Voltaire, Boccace, Brantôme,[26] et, au centre des ouvrages avouables, s'ouvraient les battants d'un bahut

---

[25]Henri III of France (1551–89) was famous for his "mignons" (minions or favorites) and is often invoked as a coded reference to male homosexuality.

[26]Writers known for their libertine and gallant subjects: the viscount of Parny (1753–1814) was known for his love poetry; Alexis Piron (1689–1773) wrote satires; Voltaire (1694–1778) was a leading Enlightenment figure; Giovanni Boccaccio (1313–75) is the only non-French example (an Italian), most famous as the author of the *Decameron*, which included bawdy tales; and Pierre de Brantôme (1540–1614) has a special place on the list, since Rachilde's family claimed him as a distant ancestor. The description of this library might be based on the library of Rachilde's grandfather, in which she had free rein as a young girl.

incrusté d'ivoire qui recélait, entre ses rayons doublés de velours pourpre, les ouvrages inavouables.

Raoule prit une aiguière et se versa une coupe d'eau pure.

— Baron, dit-elle d'un accent où frémissait à la fois une gaîté forcée et une passion contenue, je vais m'enivrer, je vous préviens, car mon récit ne peut pas être fait d'une manière raisonnable, vous ne le comprendriez pas !

— Ah ! très bien ! murmura de Raittolbe, alors je vais tâcher de conserver toute ma raison, moi !

Et il vida dans un hanap ciselé un flacon de Sauterne. Ils s'examinèrent un moment. Pour ne pas éclater de colère, de Raittolbe fut obligé de se dire que Mlle de Vénérande avait le plus beau des masques de Diane chasseresse.[27]

Quant à Raoule, elle ne voyait pas son vis-à-vis. L'ivresse dont elle parlait lui emplissait déjà les prunelles, ses prunelles injectées d'or.

— Baron, dit-elle brusquement, *je suis amoureux* !

De Raittolbe fit un soubresaut, posa son hanap et riposta d'un ton étranglé :

---

[27]In addition to evoking the words *veneration* (reverence or worship) and *venereal* (pertaining to physical sex), connotations evident to Anglophone readers, Raoule's family name Vénérande would remind French readers of *la vénérie*, or hunting. Jacques's name is similarly evocative: Silvert is a combination of "sylvan" and "vert."

— Sapho !... Allons, ajouta-t-il avec un geste ironique, je m'en doutais. Continuez, *Monsieur* de Vénérande, continuez, *mon* cher ami !

Raoule eut, au coin des lèvres, un pli dédaigneux.

— Vous vous trompez, Monsieur de Raittolbe ; être Sapho, ce serait être tout le monde ! Mon éducation m'interdit le crime des pensionnaires et les défauts de la prostituée. J'imagine que vous me mettez au-dessus du niveau des amours vulgaires ? Comment me supposez-vous capable de telles faiblesses ? Parlez sans vous inquiéter des convenances... je suis ici chez moi.

L'ex-officier des hussards essayait de tordre sa fourchette. Il voyait bien, en effet, qu'il s'était laissé choir la tête la première dans l'antre du sphinx. Il s'inclina gravement.

— Où diable avais-je l'esprit ? Ah ! Mademoiselle, pardonnez-moi. J'oubliais le *Homo sum* de Messaline ![28]

— Il est certain, Monsieur, reprit Raoule haussant les épaules, que j'ai eu des amants. Des amants dans ma vie comme j'ai des livres dans ma bibliothèque, pour

---

[28]*Homo sum: humani nihil a me alienum puto* ("I am human and therefore I think nothing human alien to me") is a line from the Latin author Terence's play *Heauton Timorunmenos* (translated as "The Self-Tormentor"). But Raittolbe attributes it to Messalina, who was the wife of the emperor Claudius and famous for her debauchery. (She would later become the subject of a work by Rachilde's close friend Alfred Jarry.)

savoir, pour étudier... Mais je n'ai pas eu de passion, je n'ai pas écrit mon livre, moi ! Je me suis toujours trouvée seule, alors que j'étais deux. On n'est pas faible, quand on reste maître de soi au sein des voluptés les plus abrutissantes.

Pour présenter mon thème psychologique sous un jour plus... Louis XV,[29] je dirai qu'ayant beaucoup lu, beaucoup étudié, j'ai pu me convaincre du peu de profondeur de mes auteurs, classiques ou autres !

A présent, mon cœur, ce fier savant, veut faire son petit Faust... il a envie de rajeunir, non pas son sang, mais cette vieille chose qu'on appelle l'amour ![30]

— Bravo ! fit de Raittolbe, convaincu qu'il allait assister à une évocation magique et voir une sorcière s'élancer du bahut mystérieux. Bravo ! je vous aiderai, si je puis ! Prêt à toute heure, vous savez ! Moi aussi, je suis fatigué de cet éternel refrain qui accompagne des procédés fort usés. Mon petit Faust, je bois à une invention nouvelle et ne demande qu'à payer le brevet.

---

[29]Louis XV (1710–74) reigned over the age of Enlightenment, when belief in the power of human reason encouraged freedom of thought and the dominance of rationality over passion. This freethinking was often perceived to extend to previously taboo sexual subjects.
[30]Faust sold his soul to the devil in return for the power to realize his wishes (primarily for sexual potency) on earth. Here Rachilde seems to be alluding to part 2 of Goethe's *Faust*, in which a homunculus is produced not through old-fashioned heterosexual reproduction but through pure (cerebral) science.

Sacrebleu ! Un amour tout neuf ! Voilà un amour qui me va ! Pourtant, une simple réflexion, Faust. Il me semble que chaque femme doit, à ses débuts, penser qu'elle vient de créer l'amour, car l'amour n'est vieux que pour nous, philosophes ! Il ne l'est pas encore pour les pucelles ! Hein ? Soyons logiques !

Elle eut un mouvement d'impatience.

— Je représente ici, dit-elle en enlevant d'un réchaud une timbale d'écrevisses, l'élite des femmes de notre époque. Un échantillon du féminin artiste et du féminin grande dame, une de ces créatures qui se révoltent à l'idée de perpétuer une race appauvrie ou de donner un plaisir qu'elles ne partageront pas. Eh bien ! j'arrive à votre tribunal, députée par mes sœurs, pour vous déclarer que toutes nous désirons l'impossible, tant vous nous aimez mal.

— Vous avez la parole, mon cher avocat, appuya de Raittolbe, s'animant sans rire. Seulement je déclare, moi, ne pas vouloir être juge et partie. Mettez donc votre discours à la troisième personne : *Tant ils nous aiment mal...*

— Oui, continua Raoule, brutalité ou impuissance. Tel est le dilemme. Les brutaux exaspèrent, les impuissants avilissent et *ils* sont, les uns et les autres, si pressés de jouir qu'*ils* oublient de nous donner, à nous, leurs victimes, le seul aphrodisiaque qui puisse les rendre heureux en nous rendant heureuses : l'*Amour* ! ...

72

— Tiens ! interrompit de Raittolbe, hochant le front. L'amour aphrodisiaque pour l'amour ! Très joli ! J'approuve... La cour est de votre avis !

— Dans l'antiquité, poursuivit l'impitoyable défenderesse, le vice était sacré parce qu'on était fort. Dans notre siècle, il est honteux, parce qu'il naît de nos épuisements. Si on était fort, et si de plus on avait des griefs contre la vertu, il serait permis d'être vicieux, en devenant créateur, par exemple. Sapho ne pouvait pas être une *fille*, c'était bien plutôt la vestale d'un feu nouveau. Moi, si je créais une dépravation nouvelle, je serais prêtresse, tandis que mes imitateurs se traîneraient, après mon règne, dans une fange abominable... Ne vous paraît-il point que les hommes orgueilleux en copiant Satan sont bien plus coupables que le Satan de l'Ecriture qui invente l'orgueil ? Satan n'est-il pas respectable par sa faute même, sans précédent et émanant d'une réflexion divine ?...

Raoule, surexcitée par une émotion poignante, s'était levée, sa coupe remplie d'eau pure à la main. Elle avait l'air de porter un toast à l'Antinoüs penché sur elle.

De Raittolbe se leva aussi, en remplissant son hanap de champagne glacé. Un peu plus ému qu'un hussard ne l'est d'habitude, après son dixième verre, mais plus courtois que ne l'eût été un viveur en pareil cas, il s'écria :

— A Raoule de Vénérande, le Christophe Colomb de l'amour moderne !... Puis se rasseyant : Avocat, venez au fait, car je sais que vous êtes *amoureux*, et j'ignore pourquoi vous m'avez trahi !...

Raoule reprit douloureusement.

— Amoureux fou ! Oui ! Déjà, je prétends élever un autel à mon idole, quand j'ai l'assurance de ne jamais être compris !... Hélas ! Une passion contre nature qui est, en même temps, un véritable amour, peut-elle devenir autre chose qu'une affreuse folie ?...

— Raoule, dit le baron de Raittolbe avec effusion, je suis persuadé, certainement, que vous êtes folle. Mais j'espère vous guérir. Racontez-moi le reste, et apprenez-moi comment, sans imiter Sapho, vous êtes amoureux d'une jolie fille quelconque ?

Le visage pâle de Raoule s'enflamma.

— Je suis *amoureux* d'un homme et non pas d'une femme ! répliqua-t-elle, tandis que ses yeux assombris se détournaient des yeux brillants de l'Antinoüs. On ne m'a pas aimée assez pour que j'ai pu désirer reproduire un être à l'image de l'époux... et on ne m'a pas donné assez de jouissances pour que mon cerveau n'ait pas eu le loisir de chercher mieux...

... J'ai voulu l'*impossible*... je le possède... C'est-à-dire non, je ne le possèderai jamais !...

Une larme dont la clarté humide devait avoir ravi des lueurs aux Edens d'antan, coula sur la joue de Raoule.

74

Quant à de Raittolbe, il ouvrit les bras et les agita en signe de complet désespoir.

— Elle est *amoureux* d'un... hom... me ! Dieux immortels ! s'exclama-t-il, prenez pitié de moi ! Je crois que ma cervelle s'écroule !

Il y eut un moment de silence puis, très lentement, très naturellement, Raoule lui raconta sa première entrevue avec Jacques Silvert, de quelle façon le caprice avait pris les proportions d'une passion fougueuse, et de quelle façon elle avait acheté un être qu'elle méprisait comme homme et adorait comme *beauté*. (Elle disait : beauté, ne pouvant pas dire : *femme*.)

— Un homme de ce calibre peut-il exister ? balbutia le baron abasourdi, entraîné dans une région inconnue où l'interversion semblait être le seul régime admis.

— Il existe, mon ami, et ce n'est pas même un hermaphrodite, pas même un impuissant, c'est un beau mâle de vingt-et-un ans, dont l'âme aux instincts féminins s'est trompée d'enveloppe.

— Je vous crois, Raoule, je vous crois ! Et vous ne serez pas sa maîtresse ? demanda encore le viveur, persuadé que l'aventure ne devait pas avoir d'autre issue.

— Je serai son amant, répondit Mlle de Vénérande, qui buvait toujours de l'eau pure et émiettait des macarons.

75

De Raittolbe, cette fois, partit d'un formidable éclat de rire.

— ... Le procédé pour lequel je suis prêt à payer un brevet ! dit-il.

Un regard sévère l'arrêta.

— Avez-vous jamais nié l'existence des martyrs chrétiens, de Raittolbe ?

— Ma foi non ! J'ai toujours eu autre chose à faire, ma chère Raoule !

— Niez-vous la vocation de la vierge qui prend le voile ?

— Je me rends à l'évidence. Je possède une cousine charmante aux Carmélites de Moulins.

— Niez-vous la possibilité d'être fidèle à une épouse infidèle ?

— Pour moi, oui, pour un de mes meilleurs camarades, non ! Ah ! ça, cette carafe d'eau est donc enchantée ? Vous me faites peur avec vos questions.

— Eh ! bien, mon cher baron, j'aimerai Jacques comme un fiancé aime sans espoir la fiancée morte !

Ils avaient achevé de dîner. Ils repoussèrent la table qu'un domestique vint enlever discrètement puis, côte à côte, ils s'étendirent sur le divan, ayant chacun une cigarette turque à la bouche.

De Raittolbe ne pensait pas à la robe de Raoule et Raoule ne s'occupait pas du tout des moustaches du jeune officier.

— Ainsi, vous l'entretiendrez ? interrogea le baron d'un ton très dégagé.

— Jusqu'à me ruiner ! Je veux qu'*elle* soit heureuse comme *le filleul* d'un roi !

— Tâchons de nous entendre ! Si je suis le confident en titres, mon cher ami, adoptons *il* ou *elle*, afin que je ne perde pas le peu de bon sens qui me reste.

— Soit : *Elle.*

— Et la sœur ?

— Une servante, rien de plus !

— Si l'ancien fleuriste a eu des amourettes, *elle* pourra en avoir de nouvelles ?...

— ... Le haschich...

— Diable ! Cela se complique. Et si, par extraordinaire, le haschich ne suffisait pas ?

— Je la tuerais !

Sur ce mot, de Raittolbe alla prendre un livre, au hasard, et éprouva le besoin étrange de se faire une lecture à haute voix. Tout à coup, les fumées du champagne aidant, il lui sembla voir Raoule, vêtue du pourpoint de Henri III, offrant une rose à l'Antinoüs. Ses oreilles bourdonnèrent, ses tempes battirent, puis, s'étranglant sur les lignes qui dansaient devant lui, il débita des énormités à faire dresser les cheveux à tous les hussards de France.

— Taisez-vous ! murmura Mlle de Vénérande rêveuse. Laissez-moi donc la chasteté de mes pensées quand je pense à *elle* !

De Raittolbe se secoua. Il vint serrer la main de Raoule.

— Adieu, fit-il, doucement. Si je ne me suis pas brûlé la cervelle, demain matin, nous irons la voir ensemble.

— Votre amitié triomphera, mon ami. Du reste, on ne peut pas aimer d'amour Raoule de Vénérande !...

— C'est juste ! répliqua de Raittolbe et il sortit très vite parce que le vertige s'emparait de son imagination.

Avant de regagner sa chambre à coucher, Raoule se rendit chez sa tante. Celle-ci, courbée sur un prie-dieu monumental, récitait l'oraison de la Vierge :

— Souvenez-vous, ô très douce Vierge Marie, qu'on n'a jamais entendu qu'aucun de ceux qui ont eu recours à vous aient été délaissés...

— Lui a-t-on jamais demandé la grâce de changer de sexe ? songea la jeune femme, embrassant la vieille dévote en soupirant.

Chapitre VI

La présentation se fit en face d'un chevalet supportant l'ébauche d'un gros bouquet de myosotis.

Jacques avait sa tenue d'atelier : un pantalon de coupe flottante et un veston de molleton blanc.

Il s'était confectionné une cravate de soie en arrachant une des embrasses de ses rideaux, et, les joues fraîches, les yeux clairs, il demeurait là, très confus de cette visite. Les rêves fabuleux du haschich, en passant par son organisation primitive, l'avaient entouré d'une pudeur gauche, d'un embarras de lui-même qui se révélaient dans tous ses gestes. On devinait à la langueur de sa pose que ces rêves hantaient son cerveau le laissant incertain sur la réalité de l'existence féérique qu'on lui faisait mener.

Raoule, cavalièrement, lui frappa sur l'épaule.

— Jacques, dit-elle, je vous présente un de mes amis. Il est amateur de bons dessins, vous pouvez lui montrer les vôtres.

De Raittolbe, sanglé dans un costume de cheval, portant un faux-col d'ordonnance, reniflait de mauvaise grâce. En entrant, il avait dit : *Peste !* à cause de la somptuosité de l'appartement.

— Oui, mâchonna-t-il, scandalisé maintenant par la beauté trop réelle du fleuriste, j'ai dessiné aussi, mais sur des cartes d'état-major ! Monsieur est peintre de fleurs ?...

Jacques, de plus en plus troublé, jeta un regard de reproche à Mlle de Vénérande.

— J'ai fait des moutons, faut-il les sortir ? demanda-t-il sans répondre directement au baron, dont la cravache le gênait. Cette soumission inattendue fit frémir Raoule de tout son corps. Elle ne put qu'aquiescer d'un signe de tête. Pendant qu'il allait chercher ses cartons, Marie Silvert, drapée dans une jupe à volants, la mine haute, l'œil cynique, entra par la porte de la chambre à coucher. Elle avait aux doigts des bagues en chrysocale ornées de pierres fausses. Elle s'arrêta court devant de Raittolbe et, oubliant la présence *sacrée* de la maîtresse de la maison, elle s'écria :

— Dieu ! Quel garçon chic !

Jacques pouffa de rire, le baron ahuri ouvrit la bouche toute grande et Raoule lança un éclair terrible.

— Ma chère, vous feriez bien de garder vos admirations pour vous, déclara l'ex-officier, désignant Jacques. Il y a ici des gens à qui cela pourrait donner des mauvaises pensées !...

Cette plaisanterie, d'un goût douteux, était pour le frère, mais la sœur crut qu'elle s'adressait à Raoule.

Marie Silvert se fit très humble, prétendant qu'elle n'avait pas été élevée aux *oiseaux*.

— Il est nécessaire, dit Raoule, hautaine, de vous procurer, puisque vous allez mieux, une chambre à côté de l'atelier. Ce sera plus commode pour... Jacques !...

— Mademoiselle sera contentée tout de suite. Je sais bien qu'une servante n'est pas à sa place avec les bourgeois. J'ai loué, hier, un cabinet sur le palier et j'y ai mis un méchant lit de fer.

Jacques n'entendit pas. Il décrochait le tableau des moutons et la fille se retira à reculons, en répétant à voix basse :

— Le bel homme ! Nom de nom, le bel homme !...

L'incident clos, on s'occupa des dessins du jeune artiste. D'un ton détaché, Raoule raconta comment elle lui avait découvert beaucoup de talent ; avec quelques heures d'études au Louvre, ses propres leçons, une solennelle tranquillité dans ce quartier perdu, il ferait des merveilles et pourrait concourir ensuite pour le prix du Salon. Jacques souriait de ses dents éblouissantes. Ah ! oui, c'était une noble ambition, la médaille ! Grâce à sa bienfaitrice il deviendrait célèbre lui, le pauvre ouvrier toujours sans travail !

Il parlait avec lenteur voulant prouver à Raoule qu'il savait traiter la bonne compagnie. De temps en temps il se tournait vers de Raittolbe glissant un *n'est-ce pas, Monsieur ?* si timide que, de dégoûté qu'il avait été en arrivant, le baron finissait par ressentir une compassion immense pour cette p[utain] travestie.

Raoule, étendue dans une fumeuse, suivait tous les mouvements de Jacques ; lorsqu'elle lui vit accepter une cigarette elle faillit bondir de rage. Il fumait par petites aspirations comme un enfant qui craint de se brûler puis il tenait ça en essayant des airs canailles.

— Jacques, interrogea Raoule, tu n'as plus la fièvre ?...[31]

Il posa la cigarette immédiatement et devint rouge. Alors, elle expliqua à de Raittolbe que si elle tutoyait Silvert, c'est qu'elle était son aînée et que, d'ailleurs, l'atelier tolère cette sorte de familiarité entre artiste. Le baron opina du bonnet. Après tout, puisqu'on voyageait dans la lune... Le cadre de cette idylle monstrueuse était si sincèrement asiatique, la misère de cette passion infâme était si adroitement dorée, on avait cloué un tapis si épais sur la boue que, lui, le viveur, n'était pas trop fâché d'effleurer ces choses navrantes du bout de sa cravache !...

Il se compromettait, du reste, la fille de joie et l'amant de cœur à part, en excellente société.

De Raittolbe, bien qu'il eut été jusque-là, un honnête homme, *avait le siècle*, infirmité qu'il est impossible d'analyser autrement que par cette seule phrase.

Il aurait préféré, de beaucoup, posséder Raoule par autre chose que par les secrets de sa vie privée ; mais enfin, une belle maîtresse n'est pas rare, tandis qu'on n'a pas toujours l'occasion de faire, sur le vif, l'étude d'une dépravation nouvelle.

---

[31]Raoule slips into using the *tu* form in her question. This accounts for Jacques's blush and the need to explain to Raittolbe.

Peu à peu la conversation s'anima. Jacques se laissait gagner par la franchise du baron ; il eut des mots drôles et en vint aux confidences.

— Je parie que ce gamin qui n'a pas la taille pour être soldat nous a eu, en revanche, des grosses histoires de femmes ?... — risqua de Raittolbe, clignant de l'œil.

— Avec sa frimousse ! Sans doute !... — ajouta Raoule, qui pétrissait un de ses gants sous ses doigts nerveux.

— Oh ! non... je vous jure, fit Jacques un peu étonné qu'on lui posât une pareille question dans un pareil lieu. Si j'ai couché dix fois *dehors* (et il rendit à de Raittolbe son clignement d'yeux) c'est bien tout, allez !...

Raoule se leva pour corriger l'esquisse du bouquet bleu.

— Pas d'amourette ? Pas d'intrigue ? — appuya le baron.

Il n'est permis d'être amoureux qu'aux riches ! — murmura le fleuriste dont la gaîté tomba subitement.

Aux dernières cendres de sa cigarette, après avoir complimenté Jacques sur son beau talent, de Raittolbe le salua comme on salue une femme chez elle, c'est-à-dire avec un respect exagéré, puis il prit congé de Raoule en lui disant d'un ton bref : — Ce soir, aux Italiens,[32] n'est-ce pas ?...

Elle hocha le front, ne se retournant pas, et appela Jacques.

---

[32]Popular name for Offenbach's opéra comique on the boulevard of the same name.

— Tiens, nigaud, dit-elle le souffletant de ses gants lacérés, tâche de faire vivre tes malheureux myosotis ! Tu te souviens trop de ton ancien métier ! Tu me peins des fleurs en bois !

— Je recommencerai, Mademoiselle, car je les destine à votre tante.

— Ma foi, du moment que c'est pour ma tante, tu peux les faire en marbre, si tu veux !

De Raittolbe était parti.

— Je te défends de fumer ! s'écria-t-elle secouant le bras de Jacques.

— Eh bien ! je ne fumerai plus !...

— Et je te défends d'adresser la parole à un homme ici sans ma permission.

Jacques, stupéfait, demeurait immobile, gardant son sourire bête.

Soudain, elle se jeta sur lui, le coucha à ses pieds avant qu'il ait eu le temps de lutter, puis prenant son cou que le veston de molleton blanc laissait décolleté, elle lui enfonça ses ongles dans les chairs.

— Je suis *jaloux* ! rugit-elle affolée. As-tu compris à présent ?...

Jacques ne bougeait pas, il avait posé ses deux poings crispés, dont il ne voulait pas se servir, sur ses yeux humides.

En sentant qu'elle lui faisait mal, les nerfs de Raoule se détendirent.

— Tu dois t'apercevoir, dit-elle ironiquement, que je n'ai pas, comme toi, des mains de fleuriste et que, de nous deux, le plus homme c'est toujours moi ?

Jacques, sans répondre, la regardait à la dérobée ayant à chaque coin de ses lèvres un pli amer.

Dans l'inertie qu'on lui imposait, sa beauté féminine ressortait d'avantage, et de sa faiblesse, devenue peut-être volontaire, émanait une puissance mystérieusement attirante.

— Cruelle !... fit-il très bas.

Raoule saisit un coussin, au hasard, et le mit sous la tête rousse du jeune homme.

— Tu me rends folle ! balbutia-t-elle.

Je voudrais t'avoir à moi seule, et tu parles, tu ris, tu écoutes, tu réponds devant les autres avec l'aplomb d'un être ordinaire ! Ne devines-tu pas que ta beauté, presque surhumaine, déprave l'esprit de tous ceux qui t'approchent ?

Hier, je voulais t'aimer à ma guise sans t'expliquer mes souffrances ; aujourd'hui, je suis toute hors de moi-même parce qu'un de mes amis s'est assis à côté de toi !...

Elle fut interrompue par de rauques sanglots et porta son mouchoir à son visage, espérant le lui cacher.

Ployée sur les genoux auprès de ce corps étendu, elle avait une fureur d'amant qui brûlait Jacques malgré lui ; alors, il se souleva pour mettre un bras autour de ses épaules.

— Tu m'aimes donc bien ?... demanda-t-il à la fois cynique et doucement câlin.

— A en mourir !...

— Me promets-tu de me donner le délire encore toute la journée ?...

— Tu préfères ce délire à mes baisers, Jacques !

— Non !... et ton remède ne me grisera plus, va, car je le cracherai, si tu me le fais avaler de force !... Ce sera un autre délire meilleur...

Il s'arrêta un peu haletant, étonné d'en dire aussi long, puis il reprit la parole d'un accent où on sentait frémir des voluptés ardentes : — Pourquoi es-tu venue accompagnée de ce Monsieur ?... Ne puis-je pas être jaloux à mon tour ? Tu me fais des hontes affreuses ! Tu m'as acheté et tu me bats... C'est comme pour les petits chiens ! Si tu crois que je n'y vois pas clair ! J'aurais dû m'en aller, mais voilà... ta confiture verte m'a rendu plus lâche que ma sœur !

J'ai peur de tout... cependant je suis heureux, très heureux... il me semble que je redeviens un bébé de six semaines et que j'ai envie de dormir dans la poitrine de ma nourrice...

Raoule l'embrassait sur ses cheveux d'or, fins comme des effilures de gaze, voulant lui insuffler sa passion monstre à travers le crâne. Ses lèvres impérieuses lui firent courber la tête en avant et derrière la nuque, elle le mordit à pleine bouche.

Jacques se tordit avec un cri d'amoureuse douleur.

— Oh ! que c'est bon ! soupira-t-il se raidissant entre les bras de sa farouche dominatrice, je ne veux pas savoir autre chose ! Raoule tu m'aimeras comme il te plaira de m'aimer pourvu que tu me caresses toujours ainsi !

Les lambrequins de l'atelier étaient baissés. Le bruit des omnibus et des voitures passant dans la rue s'affaiblissait à travers le double vitrage ; on ne percevait plus qu'un grondement sourd pareil au grondement d'un train express. Près du grand lit de repos contre lequel Raoule avait jeté Jacques, régnait un demi-jour d'alcôve, et les coussins, entassés derrière eux, formaient comme la stalle capitonnée d'un compartiment de première classe... ils étaient seuls, emportés dans un effrayant vertige qui changeait toutes choses de place... ils couraient à des abîmes insondables et se croyaient en sûreté aux bras l'un de l'autre.

— Jacques, répondit Raoule, j'ai fait de notre amour *un dieu*. Notre amour sera éternel... Mes caresses ne se lasseront jamais !...

— Est-il donc vrai que tu me trouves beau ? Que tu me trouves digne de toi, la plus belle des femmes ?...

— Tu es si beau, chère créature, que tu es plus belle que moi ! Regarde là-bas, dans la glace penchée, ton cou blanc et rose comme un cou d'enfant !... Regarde ta bouche merveilleuse, comme la blessure d'un fruit mûri au soleil ! Regarde la clarté que distillent tes yeux profonds et purs comme le jour tout entier... regarde !...

Elle l'avait un peu relevé en écartant, de ses doigts fiévreux ses vêtements sur sa poitrine.

— Ignores-tu, Jacques, ignores-tu que la chair fraîche et saine est l'unique puissance de ce monde !...

Il tressaillit. Le mâle s'éveilla brusquement dans la douceur de ces paroles prononcées très bas.

Elle ne le frappait plus, elle ne l'achetait plus, elle le flattait, et l'homme, si abject qu'il puisse être, possède toujours, à un moment de révolte, cette virilité d'une heure qu'on appelle *la fatuité*.

— Tu m'as prouvé, fit-il serrant sa taille avec un sourire hardi, tu m'as prouvé, en effet, que je n'avais pas à rougir devant toi. Raoule, le lit bleu nous attend, viens !...

Un nuage descendit des cheveux de Raoule à son front plissé.

— Soit... mais à une condition, Jacques ? Tu ne seras pas mon amant...

Il se mit franchement à rire comme il aurait ri en rencontrant, sur certain domaine, une fille récalcitrante.

— Je ne rêverai plus ? C'est sans doute ce que tu veux me faire comprendre, mauvaise !... dit-il s'échappant avec une aisance de jeune daim qu'on met en liberté.

— Tu seras mon esclave, Jacques, si l'on peut appeler esclavage l'abandon délicieux que tu me feras de ton corps.

Jacques voulut l'entraîner, elle lui résista.

— Le jures-tu ?... interrogea-t-elle d'un ton redevenu impérieux.

— Quoi ?... Tu es folle !...

— Suis-je le maître, oui ou non ! s'écria Raoule se redressant tout à coup, le regard dur et les narines ouvertes.

Jacques recula jusqu'au chevalet.

— Je vais m'en aller... je vais m'en aller ! répéta-t-il désespéré, ne comprenant plus les désirs de son maître et ne désirant lui-même plus rien.

— Tu ne t'en iras pas, Jacques. Tu t'es livré, tu ne peux pas te reprendre ! Oublies-tu que nous nous aimons ?...

Cet amour, maintenant, était presque une menace ; aussi il lui tourna le dos, la boudant.

Mais elle vint, par derrière, elle l'enlaça de ses deux bras lascifs.

— Pardon ! murmura-t-elle, moi, j'oubliais que tu es une petite femme capricieuse qui a le droit, *chez elle*, de me torturer.

Allons !... je ferai ce que tu voudras...

Ils gagnèrent la chambre bleue lui, abasourdi par la rage qu'elle avait d'exiger l'impossible, elle, le regard froid, les dents incrustées dans sa lèvre fine. Ce fut elle qui se déshabilla, se refusant à toutes ses avances et lui donnant des trépignements horribles.... Sans aucune coquetterie elle ôta sa robe, son corset puis elle détacha les rideaux l'empêchant de s'extasier devant sa splendide stature d'amazone. Lorsqu'il l'embrassa, il lui sembla qu'un corps de marbre glissait entre les draps, il eut la sensation désagréable d'un frôlement de bête morte tout le long de ses membres chauds.

— Raoule, supplia-t-il, ne m'appelle plus *femme* cela m'humilie... et tu vois bien que je ne puis être que ton amant ?...

La blasée eut, sur les oreillers, un imperceptible mouvement d'épaule qui témoignait de sa complète indifférence.

— Raoule, répéta encore Jacques essayant d'animer par des baisers furieux la bouche naguère si ardente de celle qu'il croyait sa maîtresse, Raoule ! ne me méprise pas, je t'en conjure.... Nous nous aimons, tu l'as dit toi-même... Ah !... je deviens fou... je me sens mourir... Il y a des choses que je ne ferai jamais... jamais... Avant de t'avoir à moi toute et de tout cœur !

Les yeux de Raoule se fermèrent. Elle connaissait ce jeu-là, elle savait, mot à mot, ce que la nature dirait par la voix de Jacques...

Combien de fois n'avait-elle pas entendu ces cris-là, hurlements pour les uns, soupirs pour les autres, préambules polis chez les savants, débuts tâtonnants chez les timides... ? Et quand ils avaient tous bien crié, quand ils avaient tous enfin obtenu la réalisation de leurs vœux les plus chers, selon, l'eternelle expression, ils devenaient les assouvis béats qui sont tous également vulgaires dans l'apaisement des sens.

— Raoule ! bégaya Jacques retombant brisé de voluptés désespérantes. Fais de moi ce que tu voudras à présent, je vois bien que les vicieuses ne savent pas aimer !...

Le corps de la jeune femme vibra des pieds aux cheveux en entendant la plainte déchirante de cet homme qui n'était qu'un enfant devant sa science maudite. D'un seul bond elle se précipita sur lui qu'elle couvrit de ses flancs gonflés d'ardeurs sauvages.

— Je ne sais pas aimer... moi... Raoule de Vénérande !... Ne dis donc pas cela puisque je sais attendre !...

Chapitre VII

L'homme assis à sa propre droite sur les nuées d'un ciel imaginaire a relégué sa compagne au second rang dans l'échelle des êtres.

En cela, l'instinct du mâle a prévalu. Le rôle inférieur que sa conformation impose à la femme dans l'acte générateur, éveille évidemment une idée de joug d'asservissement.

L'homme possède, la femme subit.

Les facultés passionnelles de celui-ci ne vont pas au delà des limites de sa puissance physique. Quand la procréation a fait son œuvre, l'apaisement descend en lui. Rien ne survit au paroxysme sensuel.

Pour celle-là, au contraire, les manifestations brutales idéalisent la chair, l'action des sens s'étend au domaine intellectuel, l'imagination s'éveille aux aspirations sans bornes.

Tout est dit pour l'homme, repu, brisé, anéanti, il s'écroule, et, pourtant, avide d'étreintes, appelant d'autres caresses, évoquant de nouvelles joies, à ses côtés, la femme se prostitue aux conceptions paradisiaques.

L'homme est matière, la volupté est femme, c'est l'éternelle inapaisée.

N'est-ce pas à cette disparité profonde, monstrueuse antithèse, qu'il faut demander le secret des ardeurs stériles, seuls fruits d'accouplements sans nom ?

Oublions la loi naturelle, déchirons le pacte de procréation, nions la subordination des sexes, alors nous comprendrons les débordements inouïs de cette autre prostituée qui fut l'antiquité païenne.

Quelle passion aujourd'hui qualifiée vice ou monstruosité ne fut pas alors chantée, encensée, déifiée. L'Olympe est peuplé de dieux bâtards qui tous eurent leurs poètes, leurs adeptes, leurs sacrificateurs.

Sous le suaire des générations éteintes, Rome, Athènes, Lesbos, râlent encore les joies maudites.

Le doux Catulle, Virgile le pieux, Sapho l'inconsolée, Horace le voluptueux et tant d'autres[33] ne chantent-ils pas encore pour nous ces mystiques ardeurs que l'homme, jaloux de reconquérir l'intégrité de son empire, a depuis réprouvé sans jamais les éteindre.

Nées du rêve, elles échappent au joug commun. Leur ascendance est immortelle comme la matière qu'elles transforment en l'idéalisant !

Le sceau de l'infamie est à jamais brisé. Chaque jour livre à la grande orgie un nouveau convive. Ephèbes et vierges folles se multiplient. L'ivresse monte.

Digne fille de celle qui l'enfanta, la civilisation moderne, au sein du silence et des solitudes, redit l'hymne des saturnales.[34]

---

[33]Catullus (87–54 BC), Vergil (70–19 BC), and Horace (65–8 BC) made reference in their work to forms of love that were considered deviant in terms of the medical and sexological paradigms that would have been familiar to Rachilde's nineteenth-century readers.

[34]The Saturnalia was an ancient Roman festival honoring Saturn characterized by licentiousness, debauchery, and disorder.

Maintenant, comme jadis, l'homme a dépouillé sa force, brisé son sceptre. Efféminé, comme l'Ephèbe antique, aux pieds de la Volupté, il se couche.

La volupté est femme.

Dans l'irradiation d'une aurore vengeresse, la femme entreverra pour l'homme la possibilité d'une fabuleuse chute.

Elle inventera des caresses, trouvera de nouvelles preuves aux nouveaux transports d'un nouvel amour et Raoule de Vénérande possédera Jacques Silvert...

Chapitre VIII

Une vie étrange commença pour Raoule de Vénérande, à partir de l'instant fatal ou Jacques Silvert, lui cédant sa puissance d'homme amoureux, devint sa chose, une sorte d'être inerte qui se laissait aimer parce qu'il aimait lui-même d'une façon impuissante. Car Jacques aimait Raoule avec un vrai cœur de femme. Il l'aimait par reconnaissance, par soumission, par un besoin latent de voluptés inconnues. Il avait cette passion d'elle comme on a la passion du haschich, et maintenant il la préférait de beaucoup à la confiture verte. Il se faisait une nécessité naturelle des habitudes dégradantes qu'elle lui donnait.

Ils se voyaient presque tous les jours, autant que le permettait le monde dont Raoule était.

Quand elle n'avait ni visites, ni soirées, ni études, elle se jetait dans un fiacre et arrivait boulevard Montparnasse, ayant à la main la clef de l'atelier. Elle passait quelques ordres très brefs à Marie et souvent une bourse royalement pleine, puis s'enfermait chez eux dans leur temple, s'isolant du reste de la terre. Jacques demandait rarement à sortir. Il travaillait lorsqu'elle ne venait pas, et lisait toute espèce de livres, science ou littérature pêle-mêle, que Raoule lui fournissait pour tenir ce cerveau naïf sous le charme.

Il menait, lui, l'existence oisive des orientales murées dans leur sérail qui ne savent rien en dehors de l'amour, et rapportent tout à l'amour.

Il avait quelquefois des scènes avec sa sœur au sujet de sa tranquillité. Elle lui aurait voulu un train de maison, d'autres maîtresses et l'envie de gaspiller le luxe de la pécheresse. Mais lui, toujours calme, déclarait qu'elle ne pourrait pas savoir, qu'elle ne saurait jamais.

D'ailleurs, les portières empêchaient qu'elle pût regarder au trou de la serrure. Elle était obligée, en effet, de demeurer étrangère aux mystères de la chambre bleue. Raoule allait, venait, ordonnait, agissait en homme qui n'en est pas à sa première intrigue, bien qu'il en soit à son premier amour. Elle forçait Jacques à se rouler dans son bonheur passif comme une perle dans sa nacre. Plus il oubliait son sexe, plus elle multipliait autour de lui les occasions de se féminiser, et, pour ne pas trop effrayer le mâle qu'elle désirait étouffer en lui, elle traitait d'abord de plaisanterie, quitte à la lui faire ensuite accepter sérieusement, une idée avilissante. Ce fut ainsi qu'un matin elle lui envoya, par son valet de pied, un énorme bouquet de fleurs blanches, en y ajoutant ce billet : « J'ai ramassé pour toi cette jonchée odorante dans ma serre. Ne me gronde pas, je remplace mes baisers par des fleurs. Un fiancé ne peut faire mieux !... »

Jacques, recevant ce bouquet, devint très rouge, puis il disposa gravement les fleurs dans les potiches de l'atelier, se jouant la comédie vis-à-vis de lui-même, se prenant à être une femme pour le plaisir de l'art.

Au début de leur liaison il se serait senti grotesque. Il serait descendu et, sous prétexte de respirer un air plus pur, il serait allé boire un bock au cabaret voisin en compagnie de petits commis ou d'ouvriers cascadeurs.

Raoule s'aperçut tout de suite de la transition qu'elle avait amenée dans ce caractère mou en voyant la distribution de son bouquet et chaque matin son valet de pied fut chargé de déposer chez le concierge de Jacques des fleurs blanches, immaculées.

Pourquoi blanches, pourquoi immaculées ?

C'est ce que Jacques ne demandait pas.[35]

---

[35]Jacques does not ask, but the reader may well wonder. One possibility is that Rachilde was alluding to the popular novel *La dame aux camélias* by Alexandre Dumas fils (1848), the story about a courtesan

Un jour, on était à la fin de mai, Raoule commanda un landau couvert et elle alla chercher Jacques pour l'heure du Bois.

Il fut joyeux comme un écolier en vacances, mais il profita très discrètement de cette faveur bizarre. Il resta couché au fond de la voiture, tout près d'elle, la tête abandonnée sur son épaule, répétant de ces bêtises adorables qui rendaient sa beauté plus provocante encore.

Raoule, de l'index, lui indiquait à travers la glace relevée, les principaux personnages passant près d'eux.

---

with a heart of gold that later served as the basis for Verdi's opera *La traviata*. In the second chapter of this novel, a brief paragraph explains that Marguerite got her nickname because she was never seen without a bunch of camellias. The next paragraph in its entirety reads: "For twenty-five days of the month, the camellias were white, and for five they were red; no one ever discovered the reason for this variation in color, which I note without being able to explain it, and which the habitués of the theaters where she went most frequently and her friends had also noticed" (32). The worldly narrator of Dumas's novel is unable to explain the color code, but that the cycle is explicitly monthly, along with the symbolic colors (the purity of white, the association of red with blood), suggests that Marguerite uses the flowers to let her admirers know when they are not welcome because of her menstrual cycle. In *Monsieur Vénus*, Jacques does not want to think too hard about what it might mean that Raoule sends him only white flowers, but one possible interpretation is that Raoule never menstruates. In addition to underscoring her virilization, the absence of menstruation means that she will never conform to gender expectations that femininity be manifested through reproduction and childbirth. Alternatively, since Jacques occupies the role of the courtesan in this novel, his biological maleness means he will never menstruate, so Raoule can be sure that white flowers will always be appropriate.

Elle lui expliquait les termes du *high-life* qu'elle employait et le mettait au courant d'une société dont l'accès lui paraissait défendu, à lui pauvre monstre sans conscience.

— Ah ! disait-il souvent, se serrant contre elle avec effroi, tu te marieras un jour et tu me quitteras ! Ce qui donnait à son type si frais, si blond, la grâce attendrissante du tendron séduit, entrevoyant la possibilité de l'oubli.

— Non, je ne me marierai pas ! affirmait Raoule, Non, je ne vous quitterai point, Jaja, et si vous êtes sage, vous serez toujours mienne !...

Ils riaient tous les deux, mais ils s'unissaient de plus en plus dans une pensée commune : la destruction de leur sexe.

Jaja, pourtant, avait des caprices, des caprices possibles. Il navrait sa sœur, dont les espérances allaient bien au delà de l'atelier rempli de chiffons. Il avait demandé une jolie robe de chambre en velours bleu et doublée de bleu... et c'était les talons embarrassés dans la longueur de ce vêtement, qu'il arrivait sur le seuil, au-devant de Raoule. Celle-ci, vint une fois vers minuit vêtue d'un complet d'homme, le gardénia à la boutonnière, ses cheveux dissimulés dans une coiffure pleine de frisons, le chapeau haute-forme, son chapeau de cheval, très avancé sur son front. Jacques dormait, il avait beaucoup lu en l'attendant, puis avait fini par laisser glisser le livre. La veilleuse éclairait mystérieusement le lit aux brocatelles soyeuses garnies de guipures de Venise. Sa tête ébouriffée reposait dans la batiste fine du drap avec une mollesse charmante. Sa chemise fermée au cou ne laissait rien deviner de l'homme, et son bras rond, sans aucun duvet, ressortait comme un beau marbre le long de la courtine de satin.

Raoule le contempla pendant une minute se demandant avec une sorte de terreur superstitieuse si elle n'avait pas créé, après Dieu, un être à son image. Elle le toucha du bout de son gant. Jacques s'éveilla, bégayant un nom, mais en apercevant ce jeune homme debout à son chevet, il tressauta en criant épouvanté :

— Qui êtes-vous ? Que voulez-vous ?...

— Raoule ôta son chapeau d'un geste respectueux.

— Madame a devant elle le plus humble de ses adorateurs, dit-elle en fléchissant le genou.

— Il fut un instant indécis, les yeux hagards, allant de ses bottes vernies à ses courtes boucles brunes.

— Raoule ! Raoule !... Est-il possible ? Tu te feras arrêter !...

— Allons donc ! petite folle ! Parce que j'entre chez toi sans sonner ?

Il lui tendit les bras et elle le couvrit de baisers passionnés, pour ne cesser que lorsqu'elle le vit se pâmer, n'en pouvant plus, implorant les dernières réalisations d'une volupté factice qu'il subissait autant par besoin d'apaisement que par amour vis-à-vis de la sinistre courtisane.

Il s'habitua au déguisement nocturne, ne pensant pas qu'une robe fût indispensable à Raoule de Vénérande.

Ayant une idée fort vague de *la haute*, selon l'expression si souvent répétée de sa sœur, il ne songeait pas du tout aux efforts d'imagination que Raoule devait faire pour sortir de la cour d'honneur de son hôtel sans qu'on la remarquât.

Tante Ermengarde dormait dès huit heures les soirs où il n'y avait pas de réception, mais après le thé du samedi tous les domestiques allaient et venaient du vestibule au salon. De sorte que Raoule, pour fuir sa chambre par l'escalier de service devait prendre les plus minutieuses précautions. Cependant, une fois, on venait à peine d'éteindre le grand lustre du salon, Raoule descendant rencontra un homme allumant son cigare. Rétrograder c'était perdre l'occasion, et sortir était risquer de se trahir... Elle continua, passa près de l'homme, qui toucha le bord de son chapeau, non sans l'examiner attentivement.

— Deux mots, Monsieur, murmura l'attardé en lui touchant l'épaule. Pourriez-vous me donner du feu ?

Raoule avait reconnu de Raittolbe.

— Tiens, fit-elle, accentuant sa mine hautaine. Vous voyagez du côté des femmes de chambre, mon cher.

— Et vous ? riposta l'ex-officier, très piqué.

— Cela ne vous regarde pas, je suppose.

— Si, monsieur, car de ce côté on peut aussi gagner les appartements d'une femme que je respecte infiniment. Mlle de Vénérande a sa chambre au-dessus de nous, je crois. Je vous fournirai donc des explications en attendant les vôtres. Le minois de Mlle Jeanne m'a conduit ici. C'est très bête, mais très vrai... A votre tour ?

— Impertinent, fit Raoule étouffant son envie de rire.

D'un geste très prompt, de Raittolbe fit voler sa carte et son cigare à la figure de Raoule qui, malgré le péril, éclata franchement de rire. Elle se découvrit et tourna son beau visage vers son interlocuteur.

— Ah ! par exemple ! grommela de Raittolbe, voilà une mascarade à laquelle je ne m'attendais pas encore !

— Tant pis... Je vous emmène !... riposta Raoule et ils gagnèrent le tilbury attendant dans l'avenue. De Raittolbe se répandit en lamentations sur les dépravées, qui gâtent les meilleures choses. Il déclara que ce petit Jacques lui produisait l'effet d'un paquet de chairs pourries. Quant à sa sœur, elle avait bien raison d'aimer les jolis garçons. Parbleu ! Elle soutenait au moins l'honneur de sa corporation. Et tout en maugréant, tout en jurant, il poussait le cheval dans la direction du boulevard Montparnasse, tandis que

Raoule, renversée derrière lui, riait à gorge déployée. Ils arrivèrent très tard.

Une femme, sous un réverbère, semblait les attendre, en face de Notre-Dame-des-Champs, silencieuse.

Il y avait peu de monde dans la rue à pareille heure et l'on pouvait supposer qu'elle faisait le trottoir.

— Pstt !... Voulez-vous monter chez moi ? le Monsieur à la décoration... Je suis aussi gentille qu'une autre, vous savez, fit la fille accostant de Raittolbe.

Elle était en toilette de soie, avec une mantille espagnole retenue par un peigne de corail. Son œil luisait de promesses et pourtant une toux creuse avait interrompu sa phrase.

— Vous !... s'exclama Mlle de Vénérande levant sa badine d'une main et lui saisissant le bras de l'autre.

Marie Silvert, se voyant reconnue par le maître de la maison, essaya de rétrograder.

— Faites excuse, bégaya-t-elle, je croyais rencontrer quelqu'un de connaissance, vous savez, ne pensez pas à mal, j'ai aussi des connaissances dans la haute, moi.

Raoule, d'un mouvement irréfléchi, frappa la fille à la tempe et, comme la badine avait une petite pomme d'agathe, Marie Silvert tomba évanouie sur le trottoir.

— Cré mille tonnerres ! fit de Raittolbe exaspéré. Vous auriez pu retenir votre indignation, mon jeune camarade, nous allons être conduits au poste, ni plus ni moins ! Sans compter que vous n'êtes pas logique. Si vous descendez, cette fille monte... La punition était inutile !

Raoule frissonna.

— Taisez-vous ! de Raittolbe. Ma passion n'a rien à démêler avec cette femelle de bas étage. J'aurais dû la chasser depuis longtemps.

— Je ne vous conseille pas d'essayer !... répliqua sèchement l'ex-officier de hussards.

Il ramassa Marie qu'il chargea sur ses épaules, et avant la venue des sergents de ville ils se firent ouvrir la porte de la maison.

Raoule, ne s'inquiétant pas du tour que prendrait l'aventure pour de Raittolbe, le laissa entrer chez la sœur pendant qu'elle se rendait chez le frère. Jacques n'était pas couché, il avait même entendu crier dans la rue.[36]

Il courut à Raoule et se suspendit à son cou exactement comme l'eût fait une épouse anxieuse.

— Jaja pas gai, déclara-t-il, d'un ton dont la naïveté contrastait avec son sourire effronté.

— Pourquoi cela ? mon cher trésor, et Raoule le porta presque jusqu'au prochain fauteuil.

---

[36]The essence of the situation described here would later become the subject of Rachilde's one-act play *La voix du sang*. A complacent, bourgeois couple hear the sounds of someone's being attacked in the street but choose not to intervene or help. The play's tragic denouement reveals that it was their son who was attacked and that he will die because no one came to his aid.

— J'ai cru qu'on t'arrêtait, ma foi, on s'est disputé je crois sous ma fenêtre.

— Non rien ! A propos, tu ne m'avais pas dit que ton estimable sœur ne se contentait pas du bien-être que je lui donne. Elle provoque les passants sur les boulevards, une heure après minuit.

— Oh ! fit Jacques, scandalisé.

— Me prenant pour un autre tout à l'heure elle s'est permis...

Pareille idée eût amusé le fleuriste, trois mois plus tôt, ce soir-là elle l'indigna...

— La misérable, fit-il.

— Tu me permettras de supprimer Mlle Silvert n'est-ce pas ?

— Tu es dans ton droit ! Te provoquer ?... ajouta-t-il d'un ton jaloux.

— Il paraît clair que j'ai les allures d'un Monsieur... sérieux, comme disent ces demoiselles ! — Et Raoule posait son pardessus avec une désinvolture très masculine.

— Pourtant, soupira Jacques, il te manquera toujours quelque chose !

Elle s'assit à ses pieds sur un tabouret bas, s'extasiant dans une muette adoration. Il avait sa robe de velours serrée à la taille par une cordelière, et sa chemise à plastron brodé avait juste ce qu'il fallait de col pour ne pas être complètement du linge de femme. Ses mains, qu'il soignait beaucoup, étaient d'un blanc mat comme les mains d'une paresseuse ; dans ses cheveux roux, il avait mis de la poudre à la maréchale.

— Tu es divine !... fit Raoule. Je ne t'ai jamais vue si jolie ?

— C'est que je t'ai fait la surprise complète.... Nous souperons !... J'ai ordonné du champagne et j'ai résolu de te paraître agaçante !

— Vraiment ?

Il alla reculer le paravent chinois et découvrit à Raoule une table servie flanquée de deux seaux de glace.

— Tiens ! dit-il, je veux même te griser !

— Voyez-vous ! Mademoiselle reçoit !

A cet instant on heurta derrière les portières.

— Qui est là ?... demanda Jacques très contrarié.

— Moi ! riposta Marie et, quand on eut tiré le verrou, elle entra très pâle, la mantille arrachée, un peu de sang sur la joue.

— Mon Dieu ! Qu'as-tu donc ?... s'exclama Jacques.

— Presque rien, dit la fille d'une voix rauque... C'est madame qui a failli me tuer.

— Te tuer !

Allons ! du calme, fit Raoule méprisante, il doit y avoir un médecin dans les environs, envoyez-le chercher par la concierge ou par de Raittolbe, s'il n'est pas parti.

— Je suis là, fit ce dernier, paraissant et faisant un signe de tête à Raoule qui demeurait immobile.

— Explique-toi, murmura Jacques, versant un verre de champagne à sa sœur et la faisant asseoir dans un fauteuil.

— Voilà ! mon petit. Cette catin que tu aimes à l'envers m'a fichu une volée, sous prétexte que je raccroche à sa porte, nous ne sommes pas chez nous ici, faut croire !...

Rien que pour elle ce serait carnaval toutes les nuits, vois-tu ça ! Elle va se mêler des affaires des pauvres filles qu'ont d'autres goûts que les siens. Elle fait la police des mœurs, dresse la carte, et assomme par-dessus le marché.

Mais, malgré l'honnêteté de Monsieur (et elle désignait le baron faisant toujours des signes désespérés à Raoule), je veux lui régler son compte tout de suite. Je me fous de vos sales amours et, puisqu'on est de la canaille ensemble, on peut se secouer un brin avant de se quitter, pas vrai !

En lâchant ces mots qui détonnaient comme des coups de fusil à travers les splendeurs de la pièce, la fille retroussa ses manches, et, quittant le fauteuil, vint se camper devant Raoule.

Elle était complètement ivre. Quand son haleine vint au visage de Mlle de Vénérande, il sembla à celle-ci qu'on répandait sur elle une bouteille d'alcool.

— Misérable, rugit Raoule, cherchant dans les poches de son veston le couteau-poignard qui ne la quittait jamais.

De Raittolbe s'élança entre elles deux, tandis que Jacques maintenait sa sœur en respect.

— Assez ! dit de Raittolbe, qui aurait voulu être à mille lieues du boulevard Montparnasse. Vous êtes une ingrate ! Mademoiselle Silvert, et de plus vous n'avez pas votre raison. Retirez-vous !

— Non, hurla Marie, au comble de la démence, je veux démolir la drôlesse, avant de partir. Elle me dégoûte que je vous dis !

Jacques, consterné, essayait de la pousser dehors.

— Toi aussi, râla-t-elle, renie ta sœur, sale m[aquereau].

Jacques devint pâle comme un mort, lentement, sans riposter un mot, il gagna sa chambre dont il laissa retomber la portière sur lui. Enfin de Raittolbe, à bout de patience, enleva Marie, et, en dépit de ses efforts et de ses cris furibonds, l'emporta chez elle, l'y enferma, puis revenant à Raoule :

— Ma chère amie, dit-il, évitant de la regarder en face, je crois que l'esclandre vous donne à réfléchir ; cette créature, si avilie qu'elle soit, me paraît très dangereuse... prenez garde ! Si vous la chassez, après-demain le tout Paris élégant pourrait bien connaître l'histoire de Jacques Silvert.

— Voulez-vous, au contraire, m'aider à l'écraser, répondit Raoule, livide de rage.

— Ma pauvre enfant ! vous connaissez mal la véritable femelle. Il n'y a pas pour elle de métamorphose possible. Je vous promets de l'apaiser ; voilà tout !

— Par quel moyen ? interrogea Raoule, fronçant le sourcil.

— Ceci est mon secret ; mais soyez sûre que votre ami saura se dévouer.

Raoule eut un mouvement de révolte ; elle avait compris.

— On fait ce qu'on peut, riposta de Raittolbe, et il se retira, très digne.

Chapitre IX

Puisqu'on est de la canaille ensemble ! — avait dit Marie Silvert... Ce mot empêcha Raoule d'aimer le reste de la nuit. Tous les souvenirs des grandeurs grecques, dont elle entourait son idole moderne, s'écartèrent soudain, comme un voile que le vent pousse, et la fille des Vénérande aperçut des choses ignobles, dont elle ne soupçonnait même pas l'existence. Il y a une chaîne rivée entre toutes les femmes qui aiment...

... L'honnête épouse, au moment où elle se livre à son honnête époux, est dans la même position que la prostituée au moment où elle se livre à son amant.

La nature les a faites nues, ces victimes, et la société n'a institué pour elles que le vêtement. Sans vêtement plus de distances, il n'y a que la différence de beauté corporelle ; alors, quelquefois, c'est la prostituée qui l'emporte.

Des philosophes chrétiens ont parlé de la pureté de l'intention, mais ils n'ont d'ailleurs jamais mis ce dernier point en question, pendant l'amoureuse lutte... Au moins ne le pensons-nous pas ! Ils y eussent trouvé trop de distractions.

Raoule se vit donc au niveau de l'ancienne fille de joie... et, comme supériorité, si elle avait celle de la beauté elle n'avait pas celle du plaisir : elle en donnait, mais n'en recevait pas.

Tous les monstres ont leur minute de lassitude. Elle fut lasse... Jacques pleura.

Dès l'aube elle sortit de l'atelier, prit un fiacre et rentra à l'hôtel.

Pour attendre le déjeuner elle fit assaut avec un de ses cousins, gommeux stupide, mais très bien sous les armes, puis discuta avec sa tante à l'occasion d'un voyage projeté. Il fallait partir de suite, devancer la saison des eaux. A cette intention la chanoinesse opposait des visites de charité à terminer, des comptes de fermage à régler, un cuisinier à remplacer. La fortune est parfois bien gênante, la société fort ennuyeuse, le monde rempli de tribulations.

Cependant, la nouvelle Sapho, ne pouvait encore faire le saut de Leucade.[37] Une douleur lancinante venue du plus profond de sa chair l'avertissait que sa déité tenait toujours à un être périssable. Comme les inventeurs qu'un obstacle arrête au dernier perfectionnement de l'œuvre, elle espérait, malgré la boue, voir dans les yeux brillants de Jacques un autre coin de son ciel qu'elle repeuplerait de chimères.

Trois jours se passèrent. Jacques n'écrivit pas. Marie ne vint pas. Quant à de Raittolbe il garda une neutralité absolue. Raoule, qu'exaspérait l'incertitude, revêtit un soir son costume d'homme et courut au boulevard Montparnasse. En entrant elle croisa Marie Silvert. Celle-ci la salua avec un sourire obséquieux et se retira, sans rien laisser percer dans son attitude qui fît allusion à ce qui s'était passé entre elles. Jacques exécutait des initiales ornées sur du papier à lettre. C'était une commande de Raoule payée d'avance en baisers très chauds.

Un calme délicieux régnait dans l'atelier et la clarté de la lampe, dont l'abat-jour était baissé, n'éclairait que

---

[37]Although the name of Sappho is most often associated with female homosexuality today, from antiquity until the end of the nineteenth century the association with female same-sex love was often suppressed in favor of a heterosexual notoriety: it was commonly rumored that Sappho committed suicide for the love of a man (Phaon) by jumping into the Aegean Sea from a cliff on the island of Leucas, and this aspect of the Sappho story would have been well known to Rachilde's contemporaries. For a thorough analysis of how Sappho has been interpreted through the ages, see DeJean.

l'adorable figure de Jacques. Certes, ce n'était point là le masque d'un individu abject ; tout dans ses traits respirait plutôt la candeur du vierge pensant à la prêtrise. Un peu inquiet à la vue de Raoule, il posa son crayon et se leva.

— Jacques, dit Raoule tranquillement, tu es un lâche, mon ami !

Jacques retomba sur son fauteuil, une pâleur mate s'épandit de son front à son cou.

— Les expressions de ta sœur, l'autre nuit, ont été grossières, mais justes.

Il pâlit davantage.

— Tu es entretenu par une femme, tu ne travailles que pour te distraire et tu acceptes une situation infâme sans une seule révolte.

Il la regarda, effrayé.

— Je crois, continua Raoule, que ce n'est pas Marie qu'il faudrait chasser comme une vile créature.

Jacques crispa ses doigts sur sa poitrine, car il souffrait.

— Tu vas sortir d'ici, ajouta Raoule d'un ton toujours froid, tu iras demander de l'ouvrage chez un graveur. Je faciliterai ton admission, puis tu retourneras dans une mansarde et tu tâcheras de te refaire une dignité d'homme !

Jacques se redressa.

— Oui, dit-il, la voix entrecoupée, je vous obéirai, mademoiselle, vous avez raison.

— A ces conditions, murmura plus doucement Raoule, je vous promets une récompense telle que vous n'en avez jamais rêvé de pareille.[38]

— Laquelle ? mademoiselle, interrogea-t-il tout en rangeant ses outils sur le tapis de son pupitre en bois de rose.

— Je ferai de toi mon mari.

Jacques recula, les bras levés.

— Votre mari ?

— Sans doute, je t'ai perdu, je te réhabilite. Quoi de plus simple ! Notre amour n'est qu'une dégradante torture que tu subis parce que je te paye. Eh bien, je te rends ta liberté. J'espère que tu sauras en user pour me reconquérir... si tu m'aimes.

Jacques s'appuya au chevalet qui était derrière lui.

— Moi, je refuse, dit-il amèrement.

— Par exemple ! Tu refuses de m'épouser ?

— Je refuse de me réhabiliter, même à ce prix-là.

— Pourquoi ?

— Parce que je vous aime, comme vous m'avez appris à vous aimer... que je veux être lâche, que je veux être vil et que la torture dont vous parlez, c'est ma vie main-

---

[38]In this exchange, both Jacques and Raoule use the *vous* form, underscoring that they are role-playing, but Raoule switches to *tu* in the subsequent conversation, while Jacques continues in the *vous* form until the line "Non! je t'assure, c'est fini."

tenant. Je retournerai dans une mansarde, si vous l'exigez, je redeviendrai pauvre, je travaillerai, mais quand vous voudrez de moi, je serai encore votre esclave, celui que vous appelez ma femme !

La foudre tombant devant Raoule ne l'eût pas plus bouleversée.

— Jacques, Jacques ! tu ne te souviens plus de tes premières étreintes, alors ? Songes-y donc ! être mon mari, pour toi, l'ouvrier jadis dans la misère, c'est être roi !

— Eh bien ! murmura Jacques avec deux grosses larmes sous les paupières, ce n'est pas ma faute, à moi, si je ne m'en sens plus la force !

Raoule se précipita les bras ouverts :

— Oh ! je t'aime, cria-t-elle, dans un voluptueux transport, oui ! je suis folle, je crois même que je viens de te demander une chose contre nature... Mignon chéri... Oublie cela, tu es meilleur que je ne pouvais le supposer.

Elle l'entraîna sur le divan, et comme elle s'amusait à le faire souvent, l'assit sur ses genoux. On eût dit deux frères reconciliés.

— La jolie mine, vraiment, que j'aurais, vêtue de blanc, le voile de l'épouse pudique au front..., moi qui ai horreur du ridicule... Mais, voyons, c'est très sérieux ce que tu prétends, petit bête, tu n'y tiens pas du tout ?...

Jacques sanglotait, la tête dans le coude de Raoule.

— Non ! je t'assure, c'est fini, je prends ce que tu veux me donner, et s'il fallait changer, à certains moments je refuserais. Cependant, si tu savais comme je t'aime, tu ne m'insulterais pas, tu aurais une grande pitié, au contraire, pour moi. Je suis très malheureux.

Elle le serrait en le berçant entre ses bras, le calmant comme on calme les enfants au maillot. Ce triomphe remporté malgré sa propre conscience, l'enivrait de nouveau. Les propos grossiers de la fille ne tintaient plus à son oreille. De nouveau, les souvenirs grecs entouraient l'idole d'un nuage d'encens. A présent on l'aimait pour l'amour du vice ; Jacques devenait Dieu.

Elle essuya ses joues et l'interrogea au sujet de sa sœur.

— Ah ! je ne sais pas quelle existence elle mène, répondit-il d'un ton boudeur, elle est toujours dehors, et le soir, elle attend toujours quelqu'un. Je crois que c'est le Monsieur baron que tu m'as présenté un jour.

— Pas possible, s'exclama Raoule, éclatant de rire... de Raittolbe s'abaisser jusque là !... après tout, elle est libre, lui aussi, mais je te défends de t'en occuper.

— Tu lui pardonnes la scène qu'elle nous a faite. Tu sais qu'elle était ivre...

— Je lui pardonne tout, puisque indirectement, elle est cause de l'explication que nous venons d'avoir. Je descendrais en enfer, si j'y savais trouver la preuve de ton sincère amour, petit Jacques !

Il se coucha à ses pieds, qu'il baisa avec une humilité passionnée... puis soupira :

— J'ai sommeil — en mettant au-dessus de son front les talons pointus des chaussures de Raoule.

Elle le releva, car elle avait compris.

Cette nuit-là, Raoule qui devait le lendemain se rendre à une partie de chasse, au château de la duchesse d'Armonville, près de Fontainebleau, se retira vers une heure, laissant Jacques profondément endormi.

Elle descendait encore l'escalier, quand la porte de Jacques s'ouvrit avec précaution : un homme en manches de chemise fit irruption dans la chambre bleue, qu'il explora d'un regard.

— Monsieur Silvert, dit-il alors, sûr que Jacques et lui étaient bien seuls dans cette pièce, Monsieur Silvert, je désire vous parler, levez-vous, passons dans l'atelier.

C'était le baron de Raittolbe ; le négligé de sa toilette indiquait assez qu'il avait laissé non très loin la moitié de ses habits. Il semblait fort contrarié de se trouver là, mais une résolution irrévocable brillait sous ses épais sourcils noirs. A la fin il était révolté de tout ce qu'il entendait et voyait. Dans cette triste situation il pensait que son influence d'homme véritablement viril devait se déclarer. Puisqu'il avait mis un doigt dans l'engrenage, il en profiterait pour empêcher au moins l'accélération du mouvement.

115

— Jacques ! répéta-t-il à voix haute en s'approchant du lit.

Les lueurs de la veilleuse glissaient sur les épaules rondes du dormeur et allaient dans une coulée caressante jusqu'à l'extrémité de ses pieds.

Il était retombé nu, brisé de fatigue sur la courtine chiffonnée dont le satin bleu rendait plus éblouissant son épiderme de roux. Sa tête s'enfouissait dans son bras replié, si blanc qu'il en avait des teintes de nacre. Au creux des reins une ombre d'or faisait ressortir resplendissante la souplesse de la croupe, et l'une de ses jambes, un peu écartée de l'autre, avait une crispation comme en ressentent les femmes nerveuses, après une surexcitation trop prolongée de leurs sens. A ses poignets deux cercles d'or, constellés de brillants, mettaient des éclairs sous les draperies azurées qui s'abaissaient sur lui, et un flacon d'essence de rose, gisant dans un trou de l'oreiller, répandait une odeur capiteuse comme toutes les amours de l'Orient.

Le baron de Raittolbe, debout devant cette couche en désordre, eut une étrange hallucination. L'ex-officier de hussards, le brave duelliste, le joyeux viveur, qui tenait en égale estime une jolie fille et une balle de l'ennemi, oscilla une demi-seconde : du bleu qu'il voyait autour de lui, il fit du rouge, ses moustaches se hérissèrent, ses dents se serrèrent, un frisson suivi d'une sueur moite lui courut sur toute la peau. Il eut presque peur.

— Mille millions de tonnerres, grommela-t-il, si ce n'est pas Eros lui-même, je consens à le voir décorer pour utilité publique.

Et, en amateur qu'une revision militaire a quelquefois intéressé, il suivait des yeux les lignes sculpturales de ces chairs épandant de chaudes émanations de volupté.

Ah ça, mais voici je crois le moment de saisir un matraque, ajouta-t-il essayant de secouer son admiration.

— Jacques ! rugit-il de manière à faire vibrer la chambre jusqu'aux frises.

Celui-ci se dressa ; mais, si brusquement qu'on l'eût réveillé, il se révéla gracieux dans sa stupeur ; ses bras se détendirent, sa taille se cambra, il demeura superbe dans son impudeur de marbre antique.

— Qui ose donc, dit-il, entrer sans frapper ?

— Moi, riposta le baron rageusement, moi, mon cher petit drôle, parce que je veux vous entretenir de choses intéressantes. Je vous savais seul, j'ai franchi le seuil du sanctuaire. Je vous donne une minute pour devenir décent et il sortit pendant que Jacques, sautant à bas du lit, cherchait d'une main tremblante sa robe de chambre.

Il faisait un temps lourd cette nuit-là, on était au mois d'août, un orage se préparait. De Raittolbe ouvrit le vitrage de l'atelier et plongea son front dans l'air plus chaud encore que le lit de Jacques. Il crut respirer du feu. Au moins est-ce un feu naturel, pensa-t-il.

Lorsqu'il fit volte-face, le jeune peintre l'attendait enveloppé des longs plis d'un vêtement presque féminin ; son visage pâle dans les ténèbres lui fit l'effet d'une face de statue.

— Jacques, fit le baron d'une voix sourde, est-il vrai que Raoule désire vous épouser ?

— Oui, Monsieur, comment le savez-vous ?

— Que vous importe ! Je le sais, cela suffit, je sais même pourquoi vous avez refusé. C'est très noble d'avoir refusé, monsieur Silvert (et de Raittolbe eut un rire méprisant) ; seulement, après ce louable effort de dignité, vous auriez dû vous retirer complètement du soleil de Mlle de Vénérande.

Jacques, harassé de fatigue, se demandait « qu'est-ce que » le soleil pouvait faire dans sa nuit d'ivresse et qu'est-ce que ce mâle désagréable pouvait lui vouloir.

— Mais, Monsieur, murmura-t-il, de quel droit ?

— Nom d'un sabre ! s'exclama le baron, du droit que tout homme d'honneur, sachant ce que je sais, prend vis-à-vis d'un chenapan de votre calibre. Raoule est une folle, sa folie passera, mais si elle vous épousait, durant l'accès, vous ne passeriez pas, vous !...

Ce serait un écœurement général. J'ai fait le possible pour que notre monde ignore le scandale, il faut que vous fassiez l'impossible pour que ce scandale cesse complètement : le huis clos ne durera pas toujours.

Votre sœur peut se griser encore, et, ma foi, je ne réponds plus de rien. Ce soir vous avez été à peu près convenable. Eh bien, qui vous empêche de quitter cet appartement demain, d'aller dans la mansarde indiquée, de chercher de l'ouvrage, d'oublier son... son erreur enfin. Si vous avez eu une bonne pensée tout n'est donc pas mort chez vous ! Sacrebleu, tâchez de revenir en entier Jacques !

— Vous nous écoutiez, dit celui-ci machinalement.

— Hum ! hum ! non ! quelqu'un écoutait pour moi, malgré moi, et puis je vous trouve bon de me poser des questions.

— Vous êtes l'amant de Marie ? continua Jacques en un sourire de mansuétude ironique.

L'ex-officier serra les poings.

— Si vous aviez une goutte de sang dans les veines !... gronda-t-il l'œil étincelant.

— Alors, monsieur le baron, puisque je ne m'occupe pas de vos affaires, ne vous occupez pas des miennes, reprit Jacques. Non ! Je n'épouserai point Mlle de Vénérande, mais je l'aimerai où il me plaira : ici, ailleurs, dans un salon, dans une mansarde et comme il me plaira. Je ne relève que d'elle ; si je suis vil, cela ne regarde que moi ; si elle m'aime ainsi, cela ne regarde qu'elle.

— Cré nom d'une sabretache ! C'est que cette hysté-rique finira par vous épouser malgré vous, je la connais.

— De même, monsieur le baron, que Marie Silvert est devenue malgré vous votre maîtresse, on ne peut jamais répondre de soi.

Le ton calme et doux de Jacques révolutionna de Raittolbe. Est-ce que par hasard il dirait vrai ce garçon de joie. Est-ce que la beauté n'était même plus nécessaire pour atteindre aux jouissances matérielles ? Lui le viveur élégant s'était laissé choir dans un bouge par dévouement, puis tout d'un coup, le cynisme savant de la dévergondée du ruisseau l'avait poigné dans ses fibres les plus secrètes, le ferment de corruption qu'un moraliste porte toujours au plus profond de lui, était remonté à l'épiderme. De plein gré il était revenu chez Marie Silvert, voulant inspirer une passion malsaine, lui aussi, et ce couple intelligent, de Raittolbe et Raoule, étaient devenus presque en même temps la proie d'une double bestialité.

— Le ciel ne s'écroulera pas, dit le baron, montrant son poing à l'orage.

Jacques se rapprocha.

— Est-ce ma sœur qui ne veut pas que je l'épouse, demanda-t-il, gardant son sourire aux magiques expressions.

— Eh non ! parbleu ! elle veut, au contraire, vous pousser à cette union infernale. Jacques ! il faut résister.

— Sans doute, monsieur, je n'y tiens pas le moins du monde.

— Jurez-moi que...

La fin de la phrase s'étrangla au fond du gosier de l'ex-officier de hussards. Il ne pouvait cependant pas exiger un serment de ce monstre. Il s'empara du bras de Jacques. Celui-ci eut un rapide mouvement de recul et sa manche flottante s'écartant, de Raittolbe sentit la chair nacrée sous ses doigts.

— Il faut me promettre...

Mais Silvert recula encore :

— Je vous défends de me toucher, Monsieur, fit-il froidement, Raoule ne le veut pas.

De Raittolbe, indigné, renversa une chaise, sauta sur la maudite créature dont la robe de velours lui semblait à présent les ténèbres d'un abîme et, arrachant l'appuie-main d'un chevalet, il frappa jusqu'à ce que la baguette fut en morceaux.

— Ah ! tu sauras ce que c'est qu'un vrai mâle, canaille !..., hurlait de Raittolbe, saisi par une colère aveugle dont il ne s'expliquait peut-être pas bien la violence, et il ajouta, voyant Jacques s'affaisser tout meurtri :

— Et elle saura, la dépravée, qu'il n'y a qu'une façon, selon moi, de toucher les misérables de ton espèce !...

Après le départ du baron, Jacques en ouvrant son œil morne, dans la nuit, aperçut sur l'une des murailles de l'atelier comme une grosse mouche de feu qui se posait au milieu de la tenture.

Chapitre X

Marie Silvert, pour voir et entendre ce qui se passait chez son frère, avait pratiqué un trou dans le mur de sa chambre attenante à l'atelier.

La mouche de feu que Jacques voyait scintiller dans l'obscurité, était ce trou, qu'illuminait une lampe.

De Raittolbe trouva la fille couchée, buvant une tasse de rhum, qu'elle venait de faire chauffer sur un petit appareil flambant encore auprès du lit.

Cette chambre ne ressemblait en rien au reste de l'appartement meublé par les soins de Raoule de Vénérande. Sur un papier rayé, quelque peu moisi, se détachait une armoire à glace, très lourde, en acajou ardent ; le lit, sans rideaux, était du même acajou, mais moins foncé ; quatre chaises, recouvertes de percale cerise, prenaient des poses effarées autour d'une table de bois blanc, çà et là, noircie par les fonds de poêle ; à gauche de la porte, sur le fourneau, où pêle-mêle s'étalait la vaisselle, certain chapeau, rehaussé de plumes, trempait l'une de ses brides dans la soupière pleine de beurre fondu.

Marie Silvert, le sang aux pommettes, humait son rhum en faisant clapper sa langue ; tout en le dégustant, elle couvait de son œil attendri un veston orné du ruban rouge, jeté sur la plus proche des quatre chaises.

— Quel imbécile je suis ! mâchonna de Raittolbe, les bras croisés, debout devant cette couche que, mentalement, il ne pouvait s'empêcher de comparer à celle de Jacques.

— Toi, mon gros, un imbécile ! fit Marie scandalisée.[39]

— Mordieu ! reprit l'ex-officier, je viens de me conduire comme un brutal et non comme un justicier.

— Qu'as-tu fait ? interrogea la fille, lâchant sa tasse.

— J'ai fait, j'ai fait, mille millions de diables ! j'ai rossé *Mademoiselle* ton frère, et cela sans m'en douter, tant j'en avais envie depuis quelques semaines.

— Tu l'as battu ?

— Corrigé d'importance !

— Pourquoi ?

— Ah, voilà ce dont je n'ai pas idée, je crois qu'il m'a insulté et encore je n'en suis pas très sûr.

Marie blottie dans ses draps, prenait des allures de chatte heureuse.

------

[39]Marie and Raittolbe's use of the *tu* form alerts the reader to their intimacy.

— Tu étais monté... soupira-t-elle, l'amour produit souvent cet effet-là—j'aurais dû me douter que tu allais le secouer !...

— N'en parlons plus ! Si Raoule se plaint, tu me l'adresseras... Bonsoir ! décidément, j'ai eu tort de me mêler de vos affaires. C'est trop compliqué pour le cerveau d'un honnête homme.

— Tu es fâché aussi contre moi ? interrogea la fille se dressant tout anxieuse.

— Peuh !... et de Raittolbe acheva sa toilette, sans vouloir dire autre chose.

Sur le boulevard la fraîcheur du matin rasséréna le baron, mais une idée fixe et presque douloureuse lui resta implantée au cerveau comme une pointe de couteau au milieu du front : il avait frappé Silvert qui ne se défendait pas, Silvert nu sous le velours de sa robe, Silvert, les membres déjà broyés par une énervante fatigue.

Qu'avait-il besoin, lui, l'esprit fort, d'aller moraliser un pauvre être absurde. Une jolie besogne ! ma foi. Encore s'il avait fait cette exécution le premier jour, mais non ! Il était devenu d'abord l'amant de la plus dégoûtante des prostituées... Il se rendit à pied rue d'Antin où il avait un entresol, et, arrivé dans son fumoir, s'enferma pour écrire à Mlle de Vénérande.

Dès le début de sa lettre, la plume lui glissa des doigts. Loyalement il ne pouvait lui laisser ignorer la cause de sa brutalité, d'autre part, se disait-il, en vertu de quel droit vais-je m'interposer entre les hontes mutuelles de ces deux amants. Si Raoule voulait épouser Silvert, le scandale ne concernerait qu'elle ; le devoir ne lui incombait pas de veiller sur l'honneur de cette femme.

Il avait déjà déchiré trois feuilles, à peine commencées, quand soudain se rappelant le trou percé par Marie dans le mur séparant du monde entier les amours dont il venait de cravacher la moitié, il se sentit tellement coupable qu'il répudia toute pensée d'accuser personne.

Il se contenta donc de révéler à Raoule la situation exacte de cette ouverture pratiquée sur sa vie privée, avoua que pour *calmer* l'humeur dangereuse de Mlle Silvert il avait cru nécessaire de céder *à sa fantaisie*, que l'admiration de celle-ci pour sa personne augmentant dans d'inquiétantes proportions il allait prendre le parti de lui envoyer, en guise d'adieu, un billet de banque et ne remettrait plus les pieds à l'atelier du boulevard Montparnasse.

Il terminait en déplorant *l'accès de vivacité* dont Jacques avait été victime.

Raoule devait rester peu de temps chez la duchesse d'Armonville, elle ne faisait que de courtes absences de

Paris, sacrifiant à ses amours les voyages d'été prescrits par les usages mondains ; cependant le baron n'oublia pas sur sa lettre cette mention : « Faire suivre. » Puis, la conscience tranquillisée, il reprit son train de vie habituel.

Jacques n'ignorait pas l'adresse de Raoule, mais la pensée de se plaindre ne lui vint pas. Il prit simplement un bain et évita toute explication avec sa sœur. Jacques, dont le corps était un poème, savait que ce poème serait toujours lu avec plus d'attention que la lettre d'un vulgaire écrivain comme lui. Cet être singulier avait acquis au contact d'une femme aimée toutes les sciences féminines.

Malgré son silence, Marie s'étonna de lui voir une balafre sur la joue.

— Il paraît que tu as fait ton fanfaron, lui dit-elle, goguenarde, est-ce que M. de Raittolbe t'aurait manqué de respect. La fille soulignait ses paroles d'une cruelle ironie, car elle trouvait au fond que son frère allait un peu loin dans ses complaisances pour celle qui payait.

— Non ! il voulait me défendre de me marier, repondit amèrement Jacques.

— Tiens ! grommela-t-elle, ce n'est pas ce qu'il me promettait de te dire. Ah ! il voulait te défendre ça... eh bien, tu te f[ous]... de lui, parbleu ! Ta Raoule est trop empeaumée pour ne pas légaliser vos amusements un jour ou l'autre. Je te conseille même de pousser la chose, j'ai mon idée.

— Quelle idée ?

Marie se campa devant son frère, se haussant sur les pointes :

— Si tu épouses Mlle de Vénérande, une fille de la haute, riche à millions, moi ta sœur je pourrais bien me ranger, comme on dit, et devenir Mme la baronne de Raittolbe.

Jacques s'absorbait dans la contemplation d'une petite boîte d'écaille remplie de pâte verte.

— Tu crois !...

— J'en suis sûre ; et dame, alors, on oublierait ensemble les mauvais jours, on serait tous de la belle société.

Jacques eut un éclair dans les yeux, son teint délicat se colora tout à coup.

— Je pourrai punir ses anciens amants quand j'aurai le droit d'être honnête !...

— Sans doute ! mais de Raittolbe n'a jamais été son amant, imbécile ! Il trouve les vraies femmes trop à son goût, je t'en réponds.

— Oh ! pourquoi m'aurait-il frappé si fort ? objecta le jeune homme, tandis qu'une larme brûlante montait à sa paupière.

Marie se contenta de lever les épaules, ayant l'air de prétendre que Jacques était naturellement destiné aux coups de fouet.

Raoule annonça par dépêche le lendemain qu'elle viendrait la nuit suivante.

En effet, vers huit heures du soir, l'hôtel de Vénérande était mis en rumeur par le retour précipité de Mademoiselle. Tante Ermengarde, croyant à une catastrophe, courut à sa rencontre.

— Comment, mignonne, s'écria-t-elle, tu reviens déjà ! quand on étouffe ici et qu'il fait si bon respirer dans les bois !...

— Oui, je reviens, ma chère tante. Notre amie la duchesse a ses nerfs d'une façon effroyable, parce que le baron de Raittolbe ne veut pas aller sonner du cor chez elle. Ce pauvre baron a des passions mystérieuses qui le retiennent loin de nous.

— Voyons, Raoule, ne sois pas médisante, soupira la chanoinesse intimidée.

Raoule se coucha de très bonne heure, prétextant une immense fatigue. A minuit elle roulait en fiacre vers la rive gauche.

Jacques l'attendait, confiant dans la vengeance qu'elle lui apportait, car la dépêche disait : Je sais tout.

Sans se demander comment elle savait tout, Jacques

comptait sur une explosion terrible pour celui qu'il accusait d'avoir été un amant heureux.

Raoule se jeta avec une fougueuse impétuosité dans l'atelier dont les lustres et les torchères, en signe de réjouissance, étaient brillamment illuminés.

— Jaja ? où est Jaja ? cria-t-elle, en proie à une impatience fiévreuse.

Jaja s'avança, souriant, les lèvres tendues.

Elle lui saisit les mains et l'ébranla d'une seule pression.

— Parle vite... Que s'est-il passé ? M. de Raittolbe m'écrit qu'il regrette d'avoir discuté avec toi sur un sujet scabreux... ce sont ses propres termes.

Tu vas me donner des détails, hein ?

Elle se penchait sur lui, le dévorant de regards fulgurants.

— Tiens, qu'as-tu donc sur la joue... cette grande raie bleue ?...

— J'en ai bien d'autres, viens dans notre chambre, et tu verras.

Il l'entraîna, ayant soin de refermer les portières après eux. Marie gardait son ricanement moqueur, mais elle était inquiète ; elle se retira chez elle pour mettre l'oreille au trou de la muraille.

Jacques fit glisser un à un ses habits et alors Raoule eut le cri de la louve qui retrouve ses petits égorgés.

La peau fine de l'idole était zébrée de haut en bas de longues cicatrices bleuâtres.

— Ah ! s'écria la jeune femme, grinçant des dents, on me l'a massacré !

— Un peu, c'est vrai, dit Jacques, s'asseyant sur le bord de son lit pour examiner à son aise les teintes nouvelles que prenaient ses meurtrissures. Ton ami Raittolbe a la poigne solide.

— Raittolbe t'a mis dans cet état, lui ?

— Il ne veut pas que je t'épouse... il t'aime cet homme ! — Rien ne peut rendre l'accent avec lequel Jacques dit ces mots.

Raoule, à genoux, comptait les traces brutales de la baguette.

— Je lui arracherai le cœur, tu sais ? Il est entré ici... réponds-moi ? Ne me cache rien !

— J'étais endormi. Lui sortait de la chambre de ma sœur. Nous avons eu une explication à propos de mariage... Puis, il a voulu me toucher pour me faire mieux comprendre... J'ai reculé parce que tu m'avais défendu de me laisser toucher. Te rappelles-tu ? Je lui ai même dit pourquoi il me déplaisait de sentir sa main sur mon bras...

— Assez, rugit Raoule au comble de la rage, cet homme t'a vu ! Cela me suffit, je devine le reste. Il t'a voulu et tu lui as résisté.

Jacques partit d'un éclat de rire :

— Es-tu folle ? Raoule ! Si je t'ai obéi, en lui défendant de me toucher ce n'est pas une raison pour croire qu'il... Oh ! Raoule, c'est très laid ce que tu oses supposer, il m'a frappé par jalousie, voilà tout.

— Allons donc ! mes sens me disent trop ce que peuvent éprouver les sens d'un homme, fut-il honnête, en se trouvant face à face avec Jacques Silvert...

— Mais Raoule...

— Mais... je te répète que ce que j'apprends me suffit.

Elle le força à se coucher de suite, alla chercher une fiole d'arnica et le pansa, comme s'il se fût agi d'un enfant au berceau.

— Tu ne t'es guère soigné, mon pauvre amour, il fallait appeler un médecin ! dit-elle quand elle eut fini.

— Je ne voulais pas qu'on pût me regarder encore !... Pour tout remède j'ai pris du haschich !

Raoule demeura une seconde en muette adoration, puis elle se rua tout à coup sur lui, oubliant les marques bleues, envahie d'un vertige frénétique, d'un désir suprême de l'avoir à elle par les caresses comme ce bourreau l'avait eu par les coups. Elle le serra tellement fort que Jacques cria de douleur.

— Tu me fais mal !

— Tant mieux, râla-t-elle. Il faut que j'efface chaque cicatrice sous mes lèvres ou je te reverrai toujours nu devant lui...

— Tu n'es pas raisonnable, gémit-il doucement, et tu vas me donner envie de pleurer !

— Pleure ! Qu'importe, il t'a vu sourire !

— Oh ! tu deviens plus cruelle que sa plus cruelle injure. Il t'affirmera lui-même que je dormais... Je n'ai pas pu lui sourire... ensuite j'ai mis ma robe de chambre !

Les explications naïves de Jacques n'étaient que de l'huile jetée sur le feu.

— Qui sait ! Mon Dieu ! songea la jeune femme, si cet être que je crois soumis à ma puissance n'est pas un fourbe dépravé depuis longtemps !

Une fois le doute entré dans son imagination, Raoule ne se maîtrisa plus. D'un geste violent elle arracha les bandes de batiste qu'elle avait roulées autour du corps sacré de son éphèbe, elle mordit ses chairs marbrées, les pressa à pleines mains, les égratigna de ses ongles affilés. Ce fut une défloration complète de ces beautés merveilleuses qui l'avaient, jadis, fait s'extasier dans un bonheur mystique.

Jacques se tordait, perdant son sang par de véritables entailles que Raoule ouvrait davantage avec un raffinement de sadique plaisir. Toutes les colères de la nature humaine qu'elle avait essayé de réduire à néant dans son être métamorphosé, se réveillaient à la fois, et la soif de ce sang qui coulait sur des membres tordus remplaçait maintenant tous les plaisirs de son féroce amour...

...Immobile, l'oreille toujours collée au mur de sa chambre, Marie Silvert tâchait d'entendre ce qui se passait, soudain elle perçut une exclamation déchirante.

— Au secours ! Je souffre ! Marie, au secours !

Elle fut glacée jusqu'aux moelles et comme c'était une *vraie femme*, selon le mot de Raittolbe, elle n'hésita pas à courir du côté de la tuerie...

Chapitre XI

A l'occasion du grand Prix,[40] l'hôtel de Vénérande donnait tous les ans une fête, à laquelle, en dehors du cercle intime, on conviait quelques nouvelles connaissances.

Moins cérémonieuse, peut-être, que les soirées où l'on prenait une simple tasse de thé, cette fête réunissait autour de la chanoinesse Ermengarde des gens non titrés et des artistes amateurs.

---

[40]The Grand Prix de Paris is a horse race held at Longchamp, the Paris race course that forms part of the Bois de Boulogne, at the end of June. The event traditionally marked the end of the social season; the next day the upper classes would leave Paris to spend the summer at their country estates.

Depuis que Raoule était revenue de chez la duchesse d'Armonville, une tristesse morne ne la quittait pas comme si durant l'un des derniers orages qui s'étaient abattus sur Paris, son cerveau eût reçu une commotion terrible ; pourtant à l'approche de ce bal elle sortit peu à peu de sa torpeur. Sa tante avait bien remarqué son allure soucieuse, mais sans en chercher l'explication ; d'abord parce que l'explication de l'humeur de Raoule n'était pas dans l'ordre de ses dévotions quotidiennes, ensuite parce qu'elle comptait sur la fête en question, toujours très animée, pour distraire l'esprit changeant de *son neveu*.

Mlle de Vénérande daigna, en effet, surveiller et diriger les préparatifs. Elle déclara qu'on ouvrirait le salon du centre, ainsi que la pièce attenante à la serre où les fleurs exotiques, à l'éblouisaute clarté du magnésium, apparaîtraient dans tout l'éclat de leurs véritables nuances. Raoule n'admettait pas qu'on pût donner un bal pour l'unique et monotone plaisir de réunir beaucoup de monde. Il lui fallait en plus l'attrait d'une originalité quelconque à offrir à ses invités.

En face la serre, dans la galerie de tableaux, un buffet, monté sur colonnettes de cristal, offrirait aux sportmen les plus altérés par la poussière de Longchamps, une inépuisable fontaine de Roederer.

Raoule en soumettant les invitations à sa tante lui dit d'un ton dégagé :

134

— Je vous présenterai mon élève, vous savez ? l'auteur du bouquet de myosotis. C'est un garçon si courageux, ce petit fleuriste, qu'il faut le récompenser. D'ailleurs, nous recevrons un architecte amené par de Raittolbe ; c'est un parti pris, maintenant, les artistes sont accueillis dans la meilleure société, sans cela on serait envahi par les bourgeois qui sont bien pires encore !

— Oh ! oh ! Raoule, murmura sur un ton effrayé dame Ermengarde, ce n'est là qu'un élève, un inconnu.

— Mais, ma chère tante, c'est pour cela qu'il faut l'inviter, ce jeune homme, les plus grands talents ne seraient jamais arrivés si on ne les avait aidés à se faire connaître.

— C'est juste, cependant... il m'a semblé sortir de la plus basse classe, l'éducation doit lui manquer...

— Est-ce que vous trouvez mon cousin René bien élevé ? ma tante ?

— Non ; il est même insupportable avec ses anecdotes de coulisses et ses mots d'acteurs, mais... il est ton cousin !⁴¹

— Eh bien, l'autre au moins ne sera pas de ma famille, nous ne partagerons pas la responsabilité de sa mauvaise

---

⁴¹While the theater was popular as a source of entertainment, it was considered most disreputable to be associated with the production of such entertainment. An actress was thought to be almost the same thing as a prostitute.

éducation, en supposant, ma tante, que ce garçon ne sache réellement pas se tenir dans notre monde.

— Raoule, je ne suis pas tranquille moi..., dit encore la chanoinesse, le fils d'un ouvrier !

— Qui dessine comme s'il était fils de Raphaël.

— Et sera-t-il vêtu de façon convenable ?

— Sous ce rapport, j'en réponds, affirma Mlle de Vénérande avec un rictus amer, puis corrigeant sa phrase dans ce qu'elle pouvait avoir d'énigmatique :

— Ne gagne-t-il pas sa vie largement !

— Allons, je m'en remets à ton expérience, ma chère Raoule, conclut tante Ermengarde, le cœur gros.

Ce jour-là, le baron de Raittolbe qui depuis le retour de Raoule n'avait pas mis les pieds à l'hôtel, se présenta. Très grave, très réservé, il remit aux mains de la tante des cartes d'entrée pour l'enceinte du pesage sans qu'un seul instant son regard affrontât celui de la nièce. Raoule abandonnna le nouveau roman qu'elle lisait et, tendant sa belle main :

— Baron, dit-elle, j'ai obtenu de notre chère chanoinesse une invitation en règle pour votre architecte, vous savez M. Martin Durand.

— Mon architecte ?... ah ! oui, j'y suis... celui que j'ai rencontré dans un cercle artistique ; un garçon d'avenir... il a concouru avec honneur pour la dernière Exposition universelle...

Mais, mademoiselle, je n'ai jamais demandé...

— Je sais que vous n'avez pas insisté, interrompit Raoule d'une voix brève, pourtant je l'ai fait moi... Votre ami (elle appuya sur ce titre), sera des nôtres avec M. Jacques Silvert, le peintre que nous avons été voir ensemble, boulevard Montparnasse.

Les figures de déesses qui ornaient le plafond s'en fussent détachées que de Raittolbe n'eût pas manifesté plus grande surprise. Cette fois il regarda Raoule et forcément Raoule le regarda—deux éclairs s'échangèrent. Sans comprendre pourquoi la jeune femme n'avait pas répondu à sa lettre, ni pourquoi Jacques allait être « officiellement » des leurs, le baron pressentait une catastrophe.

— Je vous remercie pour ces messieurs, fit-il, tortillant sa moustache, je vous remercie ; Jacques Silvert est un charmant camarade, Martin Durand, homme du monde accompli, leur ouvrir son salon, mesdames, c'est anticiper sur leur gloire future !

— Enfin, soupira Mme Ermengarde, vous me rassurez, mais ils ont des noms affreux, j'aurai peine à m'y habituer.

On causa quelques temps courses, Raoule discuta les chances des différentes écuries avec de Raittolbe, puis celui-ci voulant prendre congé :

— A propos, baron, s'écria Raoule, très enjouée, con-
naissez-vous le nouveau pistolet Devisme ?[42]

— Non !

— Un chef-d'œuvre !

— Vous en avez un ? riposta le baron qui ne voulait
pas reculer.

— Passons par la salle de tir, répondit-elle, se levant à
son tour, je veux vous le faire essayer.

Une vieille dame, vêtue de violet, dont le manteau
laissait dépasser une croix de nacre, entrait à ce moment.
Dame Ermengarde, toute ravie de ne plus avoir à parler
des deux roturiers dont les noms l'horripilaient, vint à sa
rencontre.

— Madame de Chailly, ah ! que je suis heureuse, ma
bonne présidente ! Nous avons tant de choses à nous
dire : imaginez-vous que le père Stephane de Léoni est en
route, il vient prêcher notre retraite d'automne ! — elle
parlait avec la volubilité affairée des dévotes oisives.

— Tant mieux ! conclut Raoule, ironique, laissant
retomber la portière et disparaissant suivie du baron.

Plus fébrile qu'il n'eût voulu le paraître, celui-ci garda
un silence absolu tant qu'ils furent dans les corridors
sombres de l'hôtel.

---

[42]Devisme was a French manufacturer of guns, including dueling
pistols and revolvers.

138

La salle de tir était une espèce de terrasse voûtée, que Mlle de Vénérande, véritable maîtresse de la maison, avait fait disposer pour cet usage.

Arrivé là, le baron feignit d'examiner les panoplies, puis :

— Je ne vois pas le fameux pistolet ? hasarda-t-il, rompant ce silence plein de menaces.

Raoule répondit en indiquant un siège, puis très pâle, mais sans que sa voix trahît la colère :

— Nous avons à causer...

— A causer... de Messieurs les artistes ?

— Oui, Martin Durand doit être la garantie de Jacques Silvert. D'ici à huit jours il faut qu'ils aient fait connaissance. Occupez-vous de cette affaire, moi je n'en ai pas le temps.

— Ah !... Voilà qui s'appelle une mission délicate, Raoule, si je m'en charge ne m'attirerai-je pas les reproches de votre tante ?

— Il a été une époque ou la tante ne comptait pas pour vous, de Raittolbe.

— Diable ! mais à l'époque dont vous parlez Raoule, j'espèrais devenir le mari de la nièce !

— Aujourd'hui vous en êtes le plus intime camarade. Chacun admet que vous en usiez vis-à-vis de ma tante avec la liberté d'un commensal. Vous êtes de plus le mentor de mon cousin René. Ces jeunes gens sont de son âge, présentez-les-lui... Enfin, arrangez-vous.

— Il suffit, répondit de Raittolbe, s'inclinant.

Une minute, ces deux camarades s'examinèrent comme deux ennemis avant le combat.

Il était clair pour de Raittolbe que Raoule lui dissimulait quelque chose, il était clair pour Raoule que de Raittolbe se sentait coupable.

— Vous avez revu Jacques ? demanda enfin le baron, affectant la plus complète indifférence. Mlle de Vénérande jouait avec un pistolet chargé à poudre, et ce fut avec une non moins complète indifférence qu'elle visa l'ex-officier au cœur et tira. Un nuage de fumée les sépara.

— Très bien, fit-il sans sourciller, si vous vous étiez trompée d'arme, j'étais un homme mort.

— Oui, car je tirais à bout portant. C'est peut-être d'ailleurs un avant-goût de la réalité, ne vous croyez-vous pas destiné, mon cher, à mourir par le feu ?

— Hum ! un officier démissionnaire, c'est peu probable !

Malgré tout l'empire qu'il avait sur lui, de Raittolbe réprima difficilement un tressaillement nerveux. Ces mots : par le feu ! le troublaient.

— J'ai revu Jacques, reprit Mlle de Vénérande, il est... indisposé. Marie le soigne, et je crois que lorsqu'il sera remis ce « petit manant » se mariera.

— Hein ! fit le baron, sans votre permission ?

— Mlle Silvert épouse M. Raoule de Vénérande, cela vous étonne ? Pourquoi cet air effaré ?...

— Oh ! Raoule ! Raoule !... C'est impossible ! c'est monstrueux ! c'est... c'est révoltant même ! ! Vous ! épouser ce misérable ? Allons donc ! !

Raoule de ses prunelles ardentes fixait le baron terrifié :

— Ne serait-ce que pour avoir le droit de le défendre contre vous, monsieur ! s'écria-t-elle ne pouvant contenir sa rage de lionne.

— Contre moi ! Alors n'y tenant plus de Raittolbe marcha droit à l'effrayante créature :

— Mademoiselle vous oubliez en m'insultant que je ne puis vous traiter comme Jacques Silvert, il faudrait du sang pour effacer vos paroles... Quelle réparation allez-vous m'offrir ?

Elle sourit, dédaigneuse :

— Rien ! monsieur, rien... Seulement je vous ferai remarquer que vous vous accusez avant que je ne pense à le faire moi-même.

— Nom d'un tonnerre, éclata le baron, hors de lui, et oubliant qu'il était en présence d'une femme, vous vous rétracterez.

— J'ai dit, monsieur, riposta Raoule, que je le défendrai contre vous. Vous ne nierez point, j'espère, l'avoir frappé.

— Non ! je ne le nie point... vous a-t-il expliqué pourquoi ?

— Vous l'avez touché...

— Est-ce que ce jeune vaurien serait en diamant fondu ? Est-ce que la main d'un honnête homme se posant sur son bras pour appuyer, d'un geste affectueux, une trop bonne parole lui peut produire un effet tel qu'il tombe en pâmoison ! Ah, ça, suis-je fou, moi, et serait-il, lui, l'être raisonnable !

— Je l'épouse, répéta Mlle de Vénérande.

— Faites ! pourquoi m'y opposerais-je après tout ! Epousez-le, Raoule, épousez-le.

Et de Raittolbe comme ployant sous la honte d'avoir été mêlé à pareilles intrigues se laissa retomber sur son siège.

— Ah ! que n'avez-vous un père ou un frère, bégaya-t-il, tordant sous ses doigts la lame d'un fleuret. L'acier cassa net et l'un des éclats vint frapper Raoule au poignet. Sous la dentelle une goutte de sang perla :

— L'honneur est satisfait, déclara Mlle de Vénérande avec un rire sourd.

— Je commence, au contraire, à croire, repartit brutalement le baron, que l'honneur n'a rien à voir dans nos actes. J'abandonne la partie, mademoiselle, ajouta-t-il, et me décharge au profit de qui voudra du soin dangereux de présenter ici l'Antinoüs du boulevard Montparnasse.

Raoule hocha le front :

— Vous en avez peur ?

— Taisez-vous... au lieu de penser à salir les autres, ayez plutôt pitié de vous-même et de lui !...

— Eh bien, monsieur de Raittolbe, j'exige cependant que vous m'obéissiez !

— La raison ?

— Je veux vous voir tous les deux, face à face, dans mon salon, il le faut, sinon je garderai un soupçon éternel.

— Triple folle !... je n'obéirai pas...

Raoule vers lui tendait ses mains jointes, dont la peau transparente était maculée d'un peu de sang :

— De Raittolbe, l'être que vous avez frappé comme le plus vil des animaux, lorsque vous le saviez lâche et sans vigueur, moi je l'ai déchiré de mes propres ongles, j'ai tellement torturé ses malheureux membres, où chacun de vos coups creusaient leur meurtrissure, qu'il a crié... on est venu et j'ai dû, moi Raoule, céder devant l'indignation de sa sœur. Jacques n'est plus qu'une plaie, c'est notre œuvre, ne m'aiderez-vous pas à réparer ce crime !

Jusqu'aux fibres les plus secrètes, le baron se sentait remué. Raoule était capable de tout, il le savait et ne doutait pas une minute qu'elle ait pu arriver à une pareille exaltation.

— C'est horrible ! horrible, murmura-t-il, nous sommes indignes de l'humanité... que ce soit la lâcheté ou l'amour qui aient paralysé Jacques, nous ne devions pas, nous des natures pensantes, nous laisser aller ainsi à l'emportement. Nous ne devions voir en lui qu'un être irresponsable.

Raoule ne put s'empêcher d'avoir un mouvement de rage.

— Vous viendrez, fit-elle, je le veux ! mais souvenez-vous que je vous hais et qu'à l'avenir je vous défends de le regarder comme un ami.

Le baron ne releva pas cette allusion, qui peut-être demandait une nouvelle goutte de sang.

— Votre tante est-elle instruite de ce projet de mariage ? interrogea-t-il d'un ton plus calme.

— Non ! répliqua Raoule, je compte sur vos conseils pour l'y amener, du reste il aura lieu... Marie Silvert l'exige.

Et avec une amertune navrante :

— Je vous avoue l'immensité de ma chute, n'abusez pas de mon aveu, Monsieur de Raittolbe.

— Puis-je quelque chose du côté de la sœur, Raoule, voulez-vous que je la signale à la police ? ajouta de Raittolbe, gentilhomme jusqu'au bout.

— Non, rien, rien... le scandale est inévitable, cette créature est la petite pierre qui brise l'effort de la puissante roue d'acier. Je l'ai humiliée, elle se venge... Hélas, je croyais que pour une fille, l'argent était tout, mais je me suis aperçue qu'elle avait comme la descendante des Vénérande, le droit d'aimer.

— Aimer ! mon Dieu ! Raoule, vous me faites frémir.

— Je n'ai pas besoin de vous dire qui ? n'est-ce pas ?

Ils se turent, l'âme remplie d'un grand déchirement.

Ils se voyaient à terre tous les deux et sentaient leur poitrine oppressée par le pied d'un ennemi invisible.

— Raoule, murmura doucement de Raittolbe, si vous le vouliez bien, nous pourrions échapper au gouffre, vous, en ne revoyant plus Jacques, moi, en ne reparlant jamais à Marie. Une heure de folie n'est pas l'existence entière ; unis par nos égarements, nous pourrions l'être aussi par notre réhabilitation. Raoule, croyez-moi, revenez à vous-même... vous êtes belle, vous êtes femme, vous êtes jeune. Raoule, pour être heureuse suivant les lois de la saine nature, il ne vous manque que de n'avoir jamais connu ce Jacques Silvert, oublions-le.

De Raittolbe ne parlait plus de Marie : il disait : oublions-le. Raoule, sombre, eut un geste fatal de désespoir :

— J'aime toujours irrésistiblement, fit-elle d'une voix lente, que cette passion aboutisse au ciel ou à l'enfer, je ne veux pas m'en préoccuper.

Quant à vous, de Raittolbe, vous avez de trop près vu mon idole pour que je puisse vous pardonner. Raittolbe, je vous hais !

— Adieu, Raoule, dit le baron, tendant vers elle sa main large. Adieu ! moi, je vous plains.

Elle ne bougea pas. Alors il lui prit le poignet qu'il serra avec une réelle affection ; mais, en sortant de la salle d'escrime, il vit le long de ses doigts qu'il regantait une légère trace sanglante.

Il se rappela tout de suite l'incident du fleuret brisé ; cependant, une sorte de terreur superstitieuse s'empara de lui : l'officier de hussards eut un frisson dont il ne fut pas le maître.

Chapitre XII

Martin Durand était un type de bon garçon ne demandant qu'à faire son chemin au milieu de tous les mondes possibles. Après une heure de causerie avec Jacques Silvert, il l'avait pris sous sa protection et tutoyé. Selon lui, le compas seul pourrait mener loin. Les fleurs, si merveilleusement qu'elles pussent être exécutées, n'avaient qu'une valeur de bibelots inutiles qu'on paie une fois très cher à l'artiste qu'elles ruinent par leur amoncellement. Le reste de l'année on bâtit toujours des palais, mais on n'a pas toujours besoin de fleurs.

— Témoins, s'écriait-il, les faix de roses, les charretées de violettes, les tas de tulipes qui ornent les lambris. Ah ! mon cher, trop de fleurs ! Je me sens asphyxié, rien qu'en les regardant !

Là-dessus il allumait un cigare pour combattre l'odeur imaginaire des bouquets peints.

Jacques, devenu taciturne ainsi que tous ceux qui portent au cœur le poids d'une grande honte, ne répondait que par monosyllabes aux tirades de Martin Durand, et, quand celui-ci, émerveillé du luxe de l'atelier, lui demandait si son oncle était un nabab, il se sentait trembler devant ce nouvel ami, comme il eût tremblé devant un nouveau bourreau.

— Enfin, clamait Martin Durand, véritable gamin du peuple, plein d'exubérance et fier d'être arrivé à sa situation en jouant des coudes, nous allons nous lancer du même bond, mon cher ! C'est de Raittolbe qui l'affirme.

Un salon noble, des amateurs richissimes et de jolies femmes... La tête me tourne ! Sapristi ! Madame de Vénérande a le plus bel hôtel de tout Paris. Style renaissance, avec des chapiteaux aux fenêtres et des balcons de fer venant de chez Louis XV. Je ne sais pas si elle paye bien les études de myosotis ; mais, je veux que le diable m'emporte ! si elle ne me charge pas de démolir un pavillon pour lui rebâtir une tour. Nous nous appuyons mutuellement... Vous lui déclarez que l'architecte à la mode c'est moi. Je lui révèle que le président de la République vous a commandé une gerbe de pivoines.

Jacques souriait douloureusement. Ce garçon expansif était heureux, il gagnait sa vie en se battant avec la pierre, il était fort, il était honnête, à toutes ses saillies il ajoutait un soupir au sujet de sa belle cousine, la fille du directeur de l'un des plus vastes magasins de la capitale. Noblesse, amour, argent, tout irait à lui, sur un signe de lui, parce qu'il était un homme.

La connaissance faite en détail, Martin Durand déclara qu'il viendrait prendre Jacques le jour du bal et, en revoyant son ami de Raittolbe qu'il connaissait au moins autant que son ami Silvert, il lui dit d'un ton enchanté :

— Le petit est la plus superbe nature de modèle que j'aie jamais rencontré ; d'ailleurs, il n'a pas une ombre de talent... Mais je le formerai.

Les artistes ont assez généralement cette monomanie de vouloir que la bonne société tombe en admiration, non devant leur mérite, mais devant leurs mauvaises manières : ils tiennent surtout à faire école quand ils désirent enseigner ce qu'ils ne savent pas.

Martin Durand caressant sa barbe brune ajouta :

— Oui, oui, je le formerai, il a vingt-trois ans, il peut se corriger, je compte bien l'étonner joliment, chez les Vénérande, quand tous les quartiers de noblesse de ces gens-là seraient en granit d'Egypte.

Pouvait-on étonner encore Jacques Silvert ? De Raittolbe ne répondit pas.

Le soir du grand Prix, dès dix heures, le salon du centre et la serre aux plantes exotiques s'inondèrent des jets éblouissants de la lumière de magnésium, lumière blanche fluide, plus claire et cependant moins aveuglante que celle de l'électricité et à laquelle ressortaient tout le relief des statues, tous les plis des draperies, comme si le jour lui-même eût voulu prendre part à la fête des Vénérande.

Les aïeux en pourpoint, les aïeules en fraise Medicis, du haut de leurs cadres, avec l'épée ou l'éventail, semblaient se désigner l'un à l'autre les échantillons de la roture parisienne qu'ils voyaient défiler à leurs pieds.

Décidément la fête sportique avait tout mêlé, ceux qui descendaient d'Adam et ceux qui descendaient des croisades. L'architecte Martin Durand et la duchesse d'Armonville, Mme Ermengarde la chanoinesse et Jacques Silvert, le fils de joie. Avec une merveilleuse entente de gens qui veulent s'égayer, chacun suivant leurs moyens, aux dépens d'autrui tous échangeaient les plus gracieux sourires de bienvenue. Debout auprès du fauteuil monumental de sa tante, Mlle de Vénérande les recevait avec cette grâce un peu hautaine qui tenait bien plus du gentilhomme de jadis que de la femme simplement coquette.

L'étrange créature, lorsqu'elle abandonnait le domaine de la passion et cessait de courir trop en avant de son siècle, revenant alors, tout à fait en arrière, à l'époque où les châtelaines refusaient de baisser la herse pour les troubadours mal mis.

Raoule portait ce soir-là une robe de gaze blanche vaporeuse à traîne de cour sans un bijou, sans une fleur. Un caprice bizarre lui avait fait lacer sur ses épaules décolletées une cuirasse de mailles d'or, d'une finesse telle qu'on eût cru son buste coulé dans un métal simple.

Pour détacher la ligne de chair de la ligne du tissu, un cordon de brillants serpentait et les cheveux noirs relevés en casque grec étaient piqués d'un croissant de diamant à pointes phosphorescentes comme des rayons de lune. La superbe Diane semblait marcher sur un nuage, sa tête, au profil pur, dominait l'assistance et ce n'était pas sans une admiration anxieuse qu'on osait intercepter son regard strié d'étincelles. La chanoinesse, elle, s'enveloppait pudiquement d'un suaire de dentelles qui voilait une robe de couleur pensée. Son petit visage doux, parcheminé, aux yeux d'un bleu de ciel pâle s'abritait sous le blason de son fauteuil, tandis qu'au contraire ce blason semblait craquer sous l'effort puissant du bras de Raoule.

A leur droite, se groupaient le cousin René, spécimen rare de la haute gomme sportive expliquant, à qui voulait l'entendre, comment *Simbad le marin* avait gagné d'une longueur et pourquoi cette année le maillon de soie d'or était divinement porté... De Raittolbe sévère, son masque slave impenétrable, songeant à la Gorgone antique lorsqu'il regardait Mlle de Vénérande. Puis le vieux marquis de Sauvarès, sautillant comme un gros oiseau de nuit aveuglé par la lumière crue, tout en couvant de ses yeux ternes, avivés parfois d'un éclair de lubricité, l'épaule ronde de sa filleule Raoule.

Autour d'eux murmurait un essaim de femmes en toilettes exquises, s'entretenant avec une persistance dont s'agaçaient les hommes, des exploits de John Mare, le jockey vainqueur.

On reconnaissait dans la foule les artistes amateurs à leurs déplacements perpétuels formant remous auprès des traînes de tulle ou de dentelles, évolution ayant pour but de se rapprocher de telle ou telle étoile reconnue.

Quant aux véritables artistes, ils opéraient, mais en sens inverse, les mêmes déplacements, en sorte que le salon se transformait par instant en un autre champ de course, genre discret. Durant l'une de ces fluctuations, Raoule, dont le regard embrassait tout, fit un signe à de Raittolbe. Celui-ci tressaillit, puis regarda dans la direction que suivait l'index à peine remué de la jeune femme. Il était là, Martin Durand le poussait avec des gestes virulents :

— Mais va donc ! malheureux, va !... grommelait-il, il te faut entamer la conversation avec elle, bon gré, mal gré, pendant que j'étudierai ce buste-là. Sacrée noblesse !... Il n'y a qu'elle pour vous tailler des cariatides pareilles. Quel galbe ! mes enfants. Quelle poitrine, quelles épaules, quels bras ! Je la vois d'ici soutenant le

151

balcon du Louvre restauré.[43] Comme elle vous fige le sang rien qu'en se pliant sur une hanche... Va donc, je te suis...

Jacques refusait d'avancer ; ahuri par les flots de clarté magique de ce salon resplendissant, marchant sur les robes étalées, grisé par les senteurs capiteuses que répandaient ces chevelures poudrées de pierreries, l'ancien ouvrier fleuriste se croyait encore en proie au vertige paradisiaque que lui donnaient les fumées du haschich.

— Es-tu nigaud ! mon pauvre petit peintre, disait Martin Durand très vexé d'avoir à constater ce manque d'audace chez un camarade. Un peu d'aplomb, morbleu ! dévisage les femmes, bouscule les hommes, tiens, imite moi... Est-ce que deux gars de notre espèce craignent le feu de la rampe. Ah ! voilà M. de Raittolbe ! Nous sommes sauvés.

En réalité la tête de l'architecte n'était pas plus solide que celle du peintre, mais il avait l'inimitable aplomb de tous les démolisseurs qui savent un peu rebâtir.

Le baron de Raittolbe lui serra la main, évitant de toucher celle de son ami.

---

[43]The Louvre Palace, formerly a royal residence in Paris, became a museum in 1791. It was extended by Napoleon III under the Second Empire, the regime that had just ended in 1870.

— Messieurs ! enchanté de vous voir, je me charge de
votre présentation... et il les entraîna jusqu'à Raoule.

— Mademoiselle, dit-il assez haut pour être entendu
du groupe principal d'invités, je vous présente M. Martin
Durand, architecte, à qui la capitale doit quelques beaux
monuments de plus, et M. Jacques Silvert.

Il résulta de cette présentation brève qu'on ne s'occupa
point du personnage à monuments puisque, de suite, on
sut ce dont il était capable. On braqua plus volontiers le
monocle sur celui qui ne portait qu'un nom ignoré.
Jacques demeura immobile, les yeux dans les yeux de
Raoule qu'il n'avait pas revue depuis la nuit sinistre.

Il eut un frisson d'homme réveillé en sursaut.

Sa chair vibra, il redevint le corps dompté de cet esprit
infernal qui lui apparaissait là, vêtu d'une armure d'or
comme d'une égide emblématique.

Il se rappela tout à coup que devant elle il était complet,
que lui redevenait sa joie comme elle était sa souffrance.
Son ivresse des premiers pas s'évanouit pour faire place à
l'amour servile de la bête reconnaissante. Les plaies se fermèrent au souvenir des caresses. Une expression à la fois
heureuse et résignée fit épanouir sa belle bouche. Sans
songer qu'on s'occupait de lui Jacques murmura :

— Mon Dieu, pourquoi m'avez-vous fait venir ici, moi
qui ne suis rien et que vous ne trouvez même plus digne
du martyre !

Une vague rougeur monta aux tempes de Raoule, elle répondit balbutiant :

— Mais, monsieur, il faut croire qu'en admirant vos œuvres, ma tante a conclu que vous étiez beaucoup...

— Je vous remercie, madame, ajouta Jacques se tournant vers la chanoinesse, stupéfaite de le voir aussi élégant sous son habit de bal, je vous remercie, mais je regrette que vous soyez meilleure que M\ufffdlle Raoule !

— C'est fort naturel !—bégaya la sainte, à cent lieues de ce qu'il voulait dire et habituée par son monde à répondre sans entendre.

Seulement de Raittolbe, le marquis de Sauvarès, le cousin René et Martin Durand dressèrent une oreille inquiète.

— Meilleure que M\ufffdlle Raoule !... Hein ? fit René avec un rictus suffisant. Il est assez commun, ce Jacques Silvert. Meilleure... comprends pas !...

— Ni moi, grogna le vieux marquis, anguille sous roche !... peut-être ! Eh ! Eh !... Adonis, ma parole, un Adonis !

Martin Durand tiraillait sa jolie barbe.

— Je suis enfoncé ! se dit-il, le petit en tient et ils ont tous l'air de jouer au plus matois ; ici quel galbe, quelle cariatide, mes enfants !

De Raittolbe abasourdi par l'aplomb subit de ce dépravé de bas étage s'avouait pourtant que cela le raccommodait presque avec lui. Des femmes se rapprochèrent de Jacques, la duchesse d'Armonville, contemplant les traits merveilleux de ce roux que la blancheur sidérale de l'illumination rendait blond comme une Vénus du Titien, décida les hésitantes par une exclamation garçonnière qui lui allait à ravir, car elle avait les cheveux courts et frisés :

— Parbleu, Mesdames, je suis émerveillée !

A ce moment, l'orchestre dissimulé dans une tribune dominant la salle, laissa tomber du haut des frises les préludes d'une valse, des couples s'ébranlèrent et Raoule, profitant de l'agitation, s'éloigna de sa tante, suivie d'une petite cour. Jacques se pencha vers elle.

— Tu es bien belle... glissa-t-il ironiquement, mais je suis sûr que ta robe t'embarrassera pour danser !

— Tais-toi, Jacques ! supplia Mlle de Vénérande éperdue, tais-toi ! Je croyais t'avoir appris autrement ton rôle d'homme du monde !

— Je ne suis pas un homme ! je ne suis pas du monde ! riposta Jacques, frémissant d'une rage impuissante, je suis l'animal battu qui revient lécher tes mains ! Je suis l'esclave qui aime pendant qu'il amuse ! Tu m'as appris à parler pour que je puisse te dire *ici* que je t'appartiens !... Inutile de m'épouser, Raoule, on n'épouse pas sa maîtresse, ça ne se fait pas dans tes salons !...

— Ah ! tu m'effrayes !... maintenant, Jacques ! Est-ce ainsi que tu dois te venger ! Marie serait-elle morte ?

Notre amour ne serait-il plus l'amour maudit ? N'ai-je pas vu couler ton sang ? et serait-il possible de revivre les folies de notre bonheur ? Non ! ne me parle plus ! Ton souffle embaumé de jeune amour me donne la fièvre !...

De Raittolbe, le plus près d'eux, murmura :

— Soyez prudents, on vous épie !...

— Alors, valsons ! — dit Raoule emportée brusquement par la sauvagerie de sa volupté qui renaissait plus immense en présence du tentateur.

Jacques, sans formuler une seule demande de circonstance, enlaça Raoule qui se ploya sous son étreinte comme un roseau et le cercle s'ouvrit.

— Mais c'est un enlèvement ! fit le marquis de Sauvarès, ce Jacques Silvert s'attaque à notre déesse comme à une simple mortelle !...

— La cariatide prend des pieds ! soupira Martin Durand, navré d'avoir été témoin d'une aussi profanante métamorphose.

René essayait de rire :

— Amusant ! très amusant ! Excessivement drôle. Ma cousine l'apprivoise pour le mieux dévorer ! Un de plus... Quand nous serons à cent nous ferons une croix ! Très amusant !...

De Raittolbe les regardait valser d'un œil rêveur. Il valsait bien ce manant, et son corps souple, aux ondulations féminines, semblait moulé pour cet exercice gracieux. Il ne cherchait pas à soutenir sa danseuse, mais il ne formait avec elle, qu'une taille, qu'un buste, qu'un être. A les voir pressés, tournoyants et fondus dans une étreinte ou les chairs, malgré leurs vêtements, se collaient aux chairs, on s'imaginait la seule divinité de l'amour en deux personnes, l'individu *complet* dont parlent les récits fabuleux des Brahmanes, deux sexes distincts en un unique monstre.[44]

— Oui ! la chair ! pensait-il, la chair fraîche, souveraine puissance du monde. Elle a raison, cette créature pervertie ! Jacques aurait beau posséder toutes les noblesses,

---

[44]Rachilde may have been thinking of the myth in Plato's *Symposium*, that human beings were originally made up of two beings joined together. There were three sexes: male-male, female-female, and male-female (hermaphrodite). Zeus punished human beings by cutting them in two, but as a result each half has sought ever since to be reunited with its original other half; thus Plato's myth acts as a kind of just-so story that explains sexual desire and accounts for the existence of both heterosexual and homosexual forms of attraction. It is also in the *Symposium* that Plato describes two Venuses, the celestial and the terrestrial, thus defining that double identity of Venus that will become so important in the nineteenth century. In the conversion of Plato's homoerotic philosophy to Christian morality, the celestial Venus becomes the goddess of licit and conjugal love, while the terrestrial aspect becomes the goddess of lust and carnal desire. Writing about the Salon of 1863, Maxime du Camp, for example, offered a history of the figure of Venus that attempted to account for the transformation of Plato's original monster, which embodied both male and female attributes into the goddess of female beauty. According to Jennifer Shaw, it is this version of Venus in the nineteenth century that turns the hermaphrodite (embodying both male and female attributes) into two single-sexed people: a woman who depends on the male creative artist for her power. For more on du Camp and the Salon of 1863, see Shaw.

toutes les sciences, tous les talents, tous les courages, si son teint n'avait pas la pureté du teint des roses, nous ne le suivrions pas ainsi de nos yeux stupides !

— Jacques ! répétait Raoule, cédant à une griserie de bacchante... Jacques, je t'épouserai, non parce que je redoute les menaces de ta sœur, mais parce que je te veux au grand jour, après t'avoir eu pendant nos mystérieuses nuits. Tu seras ma femme chérie comme tu as été ma maîtresse adorée !

— Et tu me reprocheras ensuite de m'être vendu, n'est-ce pas !

— Jamais !

— Tu sais que je ne suis pas guéri !... que je suis *laide* ! A quoi puis-je te servir !... Jaja est abîmée !... Jaja est affreux ! — reprenait-il d'un ton câlin, en la pressant plus fort.

— Je te jure de te faire tout oublier ! Ce serait si doux d'être ton mari ! de t'appeler en cachette Madame de Vénérande !... car ce sera mon nom que je te donnerai !...

— C'est vrai ! je n'ai pas de nom, moi !

— Allons ! ta sœur est notre providence ! elle m'a fait faire une promesse que je ne rétracterai pas... mon ange ! mon dieu ! mon illusion préférée !

Quand ils s'arrêtèrent, ils se crurent dans l'atelier du boulevard Montparnasse et se sourirent en échangeant un dernier serment.

— Vous savez que le lion de la soirée c'est M. Jacques Silvert ? — déclara Sauvarès au centre d'un groupe de sportmen scandalisés.

— D'où sort cet Antinoüs ? demandèrent les viveurs, curieux de recueillir quelque histoire ténébreuse sur le compte de ce nouveau favori.

— Du bon plaisir de Mlle de Vénérande ! riposta le marquis, et le mot fit bientôt fortune.

Mais soudain l'arrivée de Jacques, les troublant par mégarde dans leurs réflexions dédaigneuses, les réduisit au silence. Ils allaient se replier en masse pour prouver leur mépris à cet obscur barbouilleur de myosotis lorsqu'ils ressentirent en même temps une commotion bizarre qui les cloua sur place. Jacques, la tête renversée, avait encore son sourire de fille amoureuse, ses lèvres relevées laissaient voir ses dents de nacre, ses yeux agrandis d'un cercle bleuâtre conservaient une humidité rayonnante et, sous ses cheveux épais, sa petite oreille, épanouie comme une fleur de pourpre, leur donna, à tous, le même tressaut inexplicable. Jacques passa, ne les ayant pas remarqués ; sa hanche, cambrée sous l'habit noir, les frôla une seconde... et d'un même mouvement, ils crispèrent leurs mains devenues moites.

Quand il fut loin, le marquis laissa choir cette phrase banale :

— Il fait bien chaud, Messieurs. D'honneur c'est intolérable !...

Tous reprirent en chœur.

— C'est intolérable !... D'honneur, il fait trop chaud !...

Chapitre XIII

Allons ! en garde ! une, deux ! Mauvais, mauvais, recommençons ! Asseyez-vous sur les jarrets ! Du ressort ! La main à la hauteur du téton droit, la pointe à la hauteur de l'œil. Couvrez-vous, engagez le fer, une, deux, fendez-vous...

Sacrrr !... Mou comme un chiffon ! Ah ! mon petit, vous êtes éblouissant sous les armes, mais à la condition de n'attaquer ni de riposter ! Tonnerre ! ça ne vous échauffe donc pas de sentir ça ?

Et rageusement de Raittolbe faisait grincer son fer sur celui de Jacques.

— Vous êtes trop pressé, baron, réclama Raoule qui assistait à la leçon, en costume de salle. Ce n'est pas déjà si mal. Repose-toi, Jacques, repose-toi !

Elle lui prit le fleuret des mains et vint se camper devant de Raittolbe, tomba en garde et, vigoureusement, lui poussa trois bottes que n'eût pas reniées un maître d'armes.

— Touche, touche, touche ! cria trois fois, coup sur coup, l'ex-officier, moins décontenancé par l'impétuosité de la charge que par le débordement de colère dont elle était le dérivatif. Il avait déjà vu l'œil de Raoule s'allumer ainsi le jour où de cette même salle il était sorti du sang au doigt.

A ce moment, le cousin René et quelques intimes entrèrent ; un domestique qui les suivait annonçant le déjeuner, s'approcha de Jacques et lui dit quelques mots à voix basse, pendant que les nouveaux venus rangés en cercle autour des deux champions, jugeaient les coups et naturellement ne tarissaient pas d'éloge sur la tenue exceptionnelle de Mlle de Vénérande. Raoule tout entière à sa fureur, ne vit pas Jacques passer dans le fumoir attenant à la salle d'escrime.

Jacques avait enfin obtenu de la chanoinesse Ermengarde, les grandes entrées de la maison ; il était fiancé officiellement à Raoule depuis un mois. Après le bal des courses, pendant lequel tous les amateurs de scandale avaient été scandalisés par l'introduction de ce petit Silvert, Raoule, folle comme les possédées du moyen âge qui avaient le démon en elles, et n'agissaient plus de leur propre autorité, s'était déclarée brusquement, un matin, au chevet de la malheureuse dévote. Ce matin se trouvait très froid, très sombre, très terne. La chanoinesse, sous ses couvertures à écussons, rêvait de cilice et de pavé glacé ; elle fut réveillée par la voix sonore de *son neveu*, commandant un feu d'enfer à sa femme de chambre.

— Pourquoi du feu ? c'est mon jour de mortification, ma chère enfant — dit la tante, ouvrant ses paupières transparentes et livides comme des hosties.

— Parce que, chère tante, je viens causer avec vous de choses graves et ces choses graves seront une mortification si naturelle qu'elles vous suffiront amplement !

Tout en riant d'un rire mauvais, la jeune femme s'asseyait dans un fauteuil, ramenant sur ses pieds frileux le pan de sa robe de chambre doublée d'hermine.

— A cette heure ? juste ciel ! Tu as eu le réveil bien prompt, ma chérie ! Voyons, je t'écoute. — Et la chanoinesse se dressa sur son traversin, les yeux dilatés par l'épouvante.

— Je veux me marier, tante Ermengarde !

— Te marier ! Oh ! tu es inspirée par Saint Philippe de Gonzague que je prie à cette intention chaque vigile.[45] Te marier ! Raoule ! Mais je pourrrai donc réaliser mon vœu le plus cher, quitter ce monde de vanités et me retirer aux Visitandines où j'ai mon voile tout prêt. Béni soit le Seigneur !

---

[45]Although a Saint Philippe de Gonzague does not appear in lists of persons canonized or beatified by the Catholic Church, the life of Saint Aloysius Gonzaga (1568–91), beatified in 1605 and canonized in 1726, is germane in this context. Aunt Ermengarde feels responsible for Raoule's spiritual education, and for this reason it is important to know that Benedict XIII declared Saint Aloysius Gonzaga the special protector of young students and that Pius XI proclaimed him patron of Christian youth. (We are grateful to Brody Smith for helping us identify this reference.)

— Sans doute, ajouta-t-elle, c'est le baron de Raittolbe qui est l'élu ? — et elle sourit d'un air un peu malicieux.

— Non, ce n'est pas de Raittolbe, ma tante ! Je vous préviens que je ne tiens pas à m'ennoblir davantage. Les affreux noms me plaisent beaucoup plus que tous les titres de nos inutiles parchemins. Je désire épouser le peintre Jacques Silvert !

La chanoinesse fit un bond dans son lit, leva ses bras de vierge au-dessus de sa tête pudique et s'écria :

— Le peintre Jacques Silvert ? Ai-je bien entendu ? Ce bellâtre sans sou ni maille à qui tu as fait l'aumône ?...

Un moment la stupeur paralysa sa langue, elle reprit en s'affaissant sur elle-même :

— Tu me feras mourir de honte, Raoule !

— Ma tante, dit alors l'indomptable fille des Vénérande, la honte serait peut-être de ne pas l'épouser !

— Explique-toi ! gémit Mme Ermengarde, désespérée.

— Par respect pour vous, ma tante, ne m'y forcez pas, vous avez aimé trop saintement pour...

— Je représente ta mère, Raoule... interrompit dignement la chanoinesse, j'ai le devoir de tout entendre.

— Eh bien, je suis sa maîtresse ! répondit Raoule avec un calme effrayant.

Sa tante devint pâle comme les draps immaculés qui l'enveloppaient. Elle eut, au fond de ses prunelles indécises, le seul éclair qui devait y briller durant sa pieuse existence, et dit d'un ton sourd :

— Que la volonté de Dieu soit faite... Mésalliez-vous ma nièce. Il me reste encore assez de larmes pour effacer votre crime... J'entrerai au couvent le lendemain de votre mariage !...

Et, à partir de ce matin froid, durant lequel un feu d'enfer avait brûlé dans la cheminée de la chanoinesse, mortifiée pourtant jusqu'aux moelles, Raoule avait agi à sa guise. On avait présenté le fiancé à la famille et aux intimes ; puis, sans qu'une objection s'élevât contre ce fantastique caprice, chacun s'était incliné cérémonieusement devant Jacques. Le marquis de Sauvarès l'avait déclaré : pas mal. René, le cousin : amusant, excessivement amusant ! La duchesse d'Armonville avait lancé un petit rire énigmatique et, somme toute, puisque par le fait d'un oncle éloigné, mort à propos, le barbouilleur superbe possédait une fortune de trois cent mille francs, il devenait un peu moins ridicule.

Cette fortune, Raoule l'avait donnée, de la main à la main, à l'homme de son choix.

Les gens de l'hôtel, eux, disaient aux offices : c'est un enfant trouvé.

Un enfant trouvé qui allait barrer de deuil le blason vermeil des Vénérande !

Souvent par ces tristes nuits d'automne, on entendait du côté de la chambre close de Mme Ermengarde de longs sanglots ; on pouvait croire que c'était le vent sifflant à travers le rond-point dépouillé de la cour d'honneur...

Raoule ferraillait toujours, de Raittolbe fut obligé de rompre. Puis, soudain, une interjection parvint jusqu'à eux, aiguë, discordante. Ils s'arrêtèrent simultanément. Ils avaient reconnu la voix de Marie Silvert.

Mlle de Vénérande prétexta un peu de fatigue et sans s'occuper du baron et de ses admirateurs, elle gagna la porte du fumoir. De Raittolbe en fit autant.

— Témoins, décida Raoule, allez au déjeuner de réconciliation ! Nous réparons nos toilettes et sommes à vous dans quelques minutes.

Ces messieurs sortirent en discutant les coups échangés.

— Qu'est-ce que tu viens faire ? disait Jacques, derrière la porte du boudoir, un esclandre ?

— Pas si bête, on me ferait fourrer dedans !

— Eh bien ! alors, faisait Jacques impatienté, tiens-toi tranquille.

— Oui, mon petit, c'est entendu, je vais me tenir tranquille, compte là-dessus. Ah ! Monsieur va avoir le droit d'être honnête. Mlle de Vénérande l'épouse. Excusez du peu ! Faut pas plaisanter maintenant. Songez donc ! Eh bien si, mon garçon, on plaisantera et du côté où ça ne t'amusera pas, encore !

— Où veux-tu en venir ?

— Où je veux en venir ? Je veux que tu dises à ta Raoule que ses conditions ne sont pas les miennes. Je me fiche du chiffon de papier qu'elle m'a envoyé comme de ma première chemise. Il paraît que je vous gêne, mes tourtereaux. On rougit de Marie Silvert, il faut l'éloigner, cette gueuse, l'envoyer à la campagne, dans un coin, pour quelques sous elle sera trop heureuse de vous laisser tranquilles. Eh bien, j'veux pas, moi ! Nous avons mangé de la vache enragée ensemble, tu vas t'payer du rôti, j'en veux ma bonne part ou j'mets les pieds dans l'plat. Ah monsieur s'pavane en voiture du matin au soir, il fait le joli cœur, on l'attife comme une donzelle, y en a pas assez pour lui, quoi ! et faudrait que sa sœur s'habille d'une loque, s'coiffe d'un chiffon, se nourrisse d'une croûte. As-tu fini ! Vous avez cru me coudre la bouche avec votre pension de six cents francs, un joli chopin ! plus souvent que je me laisserai faire ; Marie Silvert ne mange pas de ce pain-là... y a pas assez de beurre dessus.

— Qu'à cela ne tienne, fit à ce moment Mlle de Vénérande, entrant suivie de de Raittolbe, ne vous tourmentez pas, vous n'aurez rien !

Raoule avait dit cela froidement, laissant une à une tomber ses paroles qui, pour quelques secondes, semblèrent produire sur la fille l'effet d'autant de gouttes d'eau froide.

— Bien, fit-elle, pinçant la lèvre et regrettant de ne pouvoir revenir aux six cents francs par le chemin de la douceur, bien ! puis les doigts crispés au dossier d'une chaise :

Au fait, j'aime mieux çà, vous m'dégoûtez,— pas vous, Monsieur, fit-elle, essayant de sourire à de Raittolbe retranché derrière Raoule qu'il regrettait avoir suivie ; c'est pourtant vous qui êtes cause de tout.

— Hein ! fit de Raittolbe, s'avançant, qu'est-ce que vous me dites là ?

— C'est clair : vous savez bien que Mademoiselle et Monsieur ne m'ont jamais pardonné d'avoir été votre maîtresse. Ça les chiffonnait !

— Assez, interrompit brusquement le baron ; ne prenez pas prétexte de notre liaison pour continuer vos injures. Vous avez fait votre métier, je vous ai payée : nous sommes quittes.

— C'est juste, répondit Marie, subitement calmée ; j'ai même encore là les cent francs que vous m'avez envoyés ; je n'y ai pas encore touché.— Ça m'a fait quelque chose quand je les ai reçus. C'est peut-être bête, mais c'est comme ça.

Elle parlait ainsi, d'un ton soumis, en attachant sur de Raittolbe des yeux presque suppliants.

— Voyez-vous, Monsieur, continua-t-elle sans plus s'occuper de son frère et de Raoule, parce qu'on est une pauvre fille, ça n'empêche pas d'avoir un cœur. Vous dites que j'ai fait mon métier avec vous, vous savez bien que non ! Je vous ai aimé, moi, je vous aime toujours, et vous n'avez qu'à faire un signe si vous le voulez, je me mets en quatre pour...

— Je ne vous en demande pas tant, interrompit de Raittolbe, qui se sentait ridicule aux yeux de Raoule et, ce qui l'enrageait surtout, ridicule aux yeux de Jacques. Je me contenterai de vous voir partir.

Réellement émue un instant plus tôt, la fille alors sentit se réveiller sa colère : elle vit en même temps Raoule et Jacques échanger, en se la montrant des yeux, un sourire d'intelligence : alors elle éclata :

— Eh bien oui ! je partirai, mais faut que je vide mon sac ! Ah ! vous avez beau hausser les épaules, vous autres, j'ai pas fini, v'là le bouquet. Ça vous amuse, n'est-ce pas ?

C'est drôle, ricana-t-elle, hideuse. Vous êtes contents, pas vrai ? Ça vous embêtait que je lui aie donné dans l'œil, et le v'là qui m'envoie promener. N[om] de D[ieu], quels drôles de corps, d'la rigolade y en aurait que pour eux ? Plus souvent, puisque j'peux pas trouver un homme qui me prenne, j'vas me les payer tous—mes enfants, ça vous fera honneur, j'ai celui de vous faire part de mon entrée au b[ordel].

— Cela ne changera pas beaucoup votre genre de vie, railla Mlle de Vénérande, se dirigeant vers la porte en faisant signe à Jacques de la suivre.

Jacques restait planté droit devant sa sœur, les poings crispés, la face pâle, mordant sa lèvre ; peut-être n'y avait-il qu'un déshonneur auquel il n'eût pas été préparé dans les sursauts rapides de sa chute...

— Bon voyage ! cria ironiquement Raoule, du seuil de la salle d'armes.

— Oh ! nous nous reverrons, belle-sœur, repliqua Marie, gouailleuse, je viendrai les jours de sortie vous présenter mes respects.

Faudra pas faire la dégoûtée, vous savez ; Marie Silvert, même en carte, vaudra bien madame Silvert, au moins elle fait l'amour comme tout le monde, celle-là !

Elle n'acheva pas. Jacques, hors de lui, avant que Raittolbe n'eût prévenu son geste, étreignait sa sœur au poignet, et dans un effort terrible la secouait désespérément.

— Te tairas-tu ? misérable, gronda-t-il d'une voix sourde comme un râle. Puis ses muscles se détendirent et Marie, pirouettant sur elle-même, alla rouler à trois pas.

Marie, relevée, se dirigea vers la porte, l'ouvrit, et là, se tournant vers son frère, de chaque côté duquel se tenaient, comme deux protections, de Raittolbe et Raoule :

— Faut pas te fatiguer comme ça, mon petit. T'as besoin de tes forces, il t'en faut pour deux... et tiens !

voilà que tu dégringoles déjà. T'as la même tête que le jour de la raclée. Tu sais la raclée que monsieur le Baron t'a administrée. Prends garde, tu vas te trouver mal, t'as quelque chose de détraqué, bien sûr : ta chaste épouse n'aura plus son compte...

... Est-il joli comme ça entre ses deux hommes !

Marie lança ces derniers mots dans un rire féroce, dont les éclats durent faire trembler jusque dans ses fondements la vieille maison des Vénérande.

Marie Silvert et dame Ermengarde, l'ange du bien qui avait toléré, le démon de l'abjection qui avait excité, fuyaient en même temps, l'un vers le Paradis, l'autre vers l'abîme, cet amour monstrueux qui pouvait, à la fois, aller dans son orgueil plus haut que le ciel et dans sa dépravation plus bas que l'enfer.

Chapitre XIV

Vers minuit, les invités aux noces de Jacques Silvert s'aperçurent d'un fait bien étrange : la jeune mariée était encore parmi eux, mais le jeune marié avait disparu. Indisposition subite, vexation d'amoureux, incident grave, toutes les conjectures possibles furent faites dans le clan des familiers que cette union préoccupait déjà au dernier point. Le marquis de Sauvarès prétendit que le cartel d'un rival éconduit avait été trouvé par Jacques, sous sa serviette, au début du merveilleux repas qui leur avait été servi. René affirmait que tante Ermengarde devait quitter le monde ce soir même et qu'elle remettait ses pouvoirs à l'époux. Martin Durand, témoin du marié, bougonnait sans se cacher, parce que les artistes ont toujours le droit de *faire leur tête* quand on a besoin d'eux. Il ne pouvait plus sentir ce Jacques, maintenant. Au coin de la cheminée monumentale du salon où s'écroulait en braises rouges le nouveau foyer de l'époux,[46] la duchesse d'Armonville, pensive, son binocle entre ses doigts fins, suivait les mouvements de Raoule, placée en face d'elle. Raoule déchiquetait machinalement son bouquet d'oranger. De Raittolbe assurait tout bas à la duchesse que l'amour est la seule puissance vraiment capable d'aplanir les difficultés politiques sous le gouvernement du jour.

— Mais enfin, murmurait la duchesse sans prendre garde aux étourderies du baron, me direz-vous pourquoi cette chère mariée s'est aujourd'hui fait coiffer de façon si... originale ? Cela me rend perplexe depuis la cérémonie religieuse.

— L'hymen est, sans doute, pour madame Silvert une prise de voile comme une autre, répondait de Raittolbe, dissimulant un sourire sardonique.

---

[46]The French word *foyer* means literally a hearth or fireplace, but it is commonly used metonymically to refer to a household. Thanks to this double meaning, the image of the collapsing red embers clearly prefigures the bloody red end of Jacques's union with Raoule.

Madame Silvert portait une longue robe de damas blanc argenté et une sorte de pourpoint de cygne. Son voile avait été enlevé au moment du bal et l'on voyait la coiffure de fleurs d'oranger naturelles reposer en diadème sur les boucles pressées comme dans la chevelure d'un garçon ; sa physionomie hardie s'harmonisait admirablement avec ces boucles courtes, mais ne rappelait en rien la pudique épousée, prête à baisser les yeux sous ses tresses parfumées qu'allaient bientôt défaire les vives impatiences de l'époux.

— Je vous assure, réitérait la duchesse, que Raoule a fait couper ses cheveux.

— Une mode récente que j'adopte définitivement, chère duchesse, répondit Raoule, qui venait d'entendre et sortait de sa rêverie.

De Raittolbe eut un applaudissement muet. Il frappa la paume de sa main du bout de ses ongles. Mme d'Armonville se mordit la lèvre pour ne pas rire. Cette pauvre Raoule, à force de se masculiniser, finirait par compromettre son mari !

Les demoiselles d'honneur vinrent en tumulte offrir le gâteau suivant la nouvelle coutume importée de Russie et qui faisait fureur, cette année-là, dans la haute société. L'époux ne se montrait toujours pas. Raoule dut garder sa part entière. Minuit sonna ; alors la jeune femme traversa le vaste salon de son pas altier ; arrivée à l'arc de triomphe dressé avec toutes les plantes de la serre, elle se retourna et eut pour l'assemblée un salut de reine qui congédie ses sujets. D'une phrase gracieuse mais brève, elle remercia ses compagnes puis elle sortit à reculons, les saluant encore d'un geste élégant et rapide comme le salut de l'épée. Les portes se refermèrent.

A l'aile gauche, tout à l'extrémité de l'hôtel, était la chambre nuptiale. Le pavillon dans lequel elle se trouvait formait retour sur le reste du bâtiment. La plus profonde obscurité, le plus discret silence régnaient dans cette partie de la maison.

Les corridors étaient éclairés de lanternes de bohème bleu dont le gaz avait été baissé et dans la bibliothèque attenante à la chambre à coucher une seule torchère tenue par un grand esclave en bronze servait de fanal. Au moment où Raoule entra dans le cercle de lumière projeté au centre de la pièce, une femme habillée simplement comme une domestique se détacha de la tenture sombre.

— Que me voulez-vous ? murmura la mariée redressant sa taille souple et laissant à ses pieds se dérouler l'immense traîne de sa robe d'argent.

— Vous dire adieu, ma nièce, répliqua Mme Ermengarde dont le visage pâle, tout à coup éclairé, semblait surgir comme une évocation spectrale.

— Vous ! ma tante, vous partez ?

Emue, Raoule lui tendit les bras.

— N'embrasserez-vous pas une dernière fois votra *neveu* ? fit-elle d'un son de voix plus respectueux et plus doux.

— Non ! dit la chanoinesse secouant le front. Quand je serai là-haut ! peut-être ! mais ici je ne puis me résigner à couvrir de mon pardon les souillures de la fille perdue. Adieu, Mlle de Vénérande. Mais avant mon départ, sachez-le : si sainte que Dieu veuille que je sois, il m'a permis d'apprendre vos horribles débordements. Je sais tout : Raoule de Vénérande, je vous maudis.

La chanoinesse parlait très bas et cependant Raoule crut entendre retentir les éclats de cette malédiction jusque dans la tranquillité de la chambre nuptiale.

Elle eut un tressaillement superstitieux.

— Vous savez tout ? expliquez vos paroles, ma tante ! Le chagrin de me voir porter un nom roturier vous trouble-t-il la raison ?

— Vous êtes la belle-sœur d'une prostituée. Elle était ici tout à l'heure, cette fille, oubliée dans vos invitations ; elle m'a forcée à me pencher sur le gouffre. Vous n'étiez pas la maîtresse de Jacques Silvert, Raoule de Vénérande, et je le regrette à présent de toute mon âme ! Mais souvenez-vous bien, fille de Satan ! que les désirs contre nature ne sont jamais assouvis. Vous rencontrerez la désespérance au moment où vous croirez au bonheur ! Dieu vous précipitera dans le doute au moment où vous

174

toucherez à la sécurité. Adieu... Je vais prier sous un autre toit.

Raoule immobilisée dans l'impuissance de sa rage, la laissa se retirer sans proférer un mot.

Lorsque Mme Ermengarde eut disparu, la mariée appela ses femmes qui l'attendaient pour l'aider à sa toilette de nuit.

— Il est venu quelqu'un ici voir ma tante ? interrogea-t-elle d'un ton sourd.

— Oui, Madame, répondit Jeanne, l'une de ses caméristes, une personne très voilée qui lui a parlé longtemps.

— Et cette personne ?

— S'est retirée emportant un petit coffret. Je pense que Madame la chanoinesse a fait une dernière aumône avant de partir pour son couvent.

Ah ! très bien, une dernière aumône.

A ce moment le bruit d'une voiture fit trembler légèrement les vitres de la bibliothèque.

— Votre tante a commandé le coupé, dit Jeanne en baissant la tête pour ne pas laisser voir son émotion.

— Raoule passa dans le cabinet de toilette, et, la repoussant :

— Je ne veux personne, allez-vous-en et faites dire au marquis de Sauvarès, mon parrain, que désormais il reste seul pour faire les honneurs du salon.

— Oui, madame.

Jeanne sortit à l'instant, complètement ahurie. L'air semblait devenu irrespirable dans l'hôtel de Vénérande.

Un à un les invités défilèrent devant le marquis, plus étonné qu'eux du mandat qu'il venait de recevoir, puis quand il n'y eut plus que de Raittolbe, M. de Sauvarès lui prit le bras.

— Allons-nous-en, mon cher, dit-il avec un éclat de rire moqueur ; cette maison est décidément transformée en tombeau.

Le chasseur préposé à la garde du vestibule éteignit les lustres, et, bientôt, dans les salons déserts, par tout l'hôtel, avec le silence régna l'obscurité profonde.

Après avoir fait glisser le verrou du cabinet de toilette, Raoule s'était dépouillée de ses vêtements avec une orgueilleuse colère.

— Enfin ! avait-elle dit, quand la robe de damas aux chastes reflets était tombée à ses pieds impatients. Elle prit une petite clef de cuivre, ouvrit un placard dissimulé dans la tenture et en tira un habit noir, le costume complet, depuis la botte vernie jusqu'au plastron brodé. Devant la glace, qui lui renvoyait l'image d'un homme beau comme tous les héros de roman que rêvent les jeunes filles, elle passa sa main, où brillait l'alliance, dans ses courts cheveux bouclés. Un rictus amer plissa ses lèvres estompées d'un imperceptible duvet brun.

— Le bonheur, ma tante, fit-elle froidement, est d'autant plus vrai qu'il est plus fou ; si Jacques ne se réveille pas du sommeil sensuel que j'ai glissé dans ses membres dociles, je serai heureuse malgré votre malédiction.

Elle s'approcha d'une portière de velours, la souleva d'un geste fébrile, et, la poitrine palpitante, s'arrêta.

Du seuil, le décor était féerique. De ce sanctuaire païen érigé au sein des splendeurs modernes, émanait un vertige subtil, incompréhensible, qui eût galvanisé n'importe quelle nature humaine. Raoule avait raison... l'amour peut naître dans tous les berceaux qu'on lui prépare.

L'ancienne chambre à coucher de Mlle de Vénérande, arrondie aux angles, avec un plafond en forme de coupole, était tendue de velours bleu lambrissée de satin blanc rehaussé d'or et de cannelures en marbre.

Un tapis dessiné d'après les indications de Raoule recouvrait le parquet de toutes les beautés de la flore orientale. Ce tapis, fait de laine épaisse, avait des couleurs tellement vives et des reliefs si accusés, qu'on aurait pu croire marcher dans quelque parterre enchanté.

Au centre, sous la veilleuse retenue par quatre chaînes d'argent, la couche nuptiale avait les contours du vaisseau primitif qui portait Vénus à Cythère.[47] Une profusion

---

[47]A Greek island in the Aegean where Venus had a temple. After arriving on earth, the goddess was carried there on a seashell (echoed in the form of Raoule's bed), an image perhaps familiar to many from

d'amours nus accroupis au chevet soulevaient de toute la force de leurs poings la conque capitonnée de satin bleu. Sur une colonne en marbre de Carrare la statue d'Eros, debout, l'arc au dos, soutenant de ses bras arrondis d'amples rideaux de brocart d'Orient retombant en plis voluptueux tout autour de la conque et du côté du chevet, un trépied en bronze portait un brûle-parfums étoilé de pierres précieuses où se mourait une flamme rose dégageant une vague odeur d'encens. Le buste de l'Antinoüs aux prunelles d'émail faisait face au trépied. Les fenêtres avaient été reconstruites en ogive et grillées comme les fenêtres de harems, derrière des vitraux de nuances adoucies.

Sandro Botticelli's painting of the birth of Venus (c. 1485). In addition to this iconic representation, the theme was treated more recently in several paintings of 1863 that were exhibited in the Salon of that year, including Eugène-Emmanuel Amaury-Duval's *The Birth of Venus*, Paul Baudry's *The Pearl and the Wave*, and Alexandre Cabanel's *The Birth of Venus*, all of which underscored the association between Venus and the sea. In poetry, a trip to Cythera was often a metaphor for (hetero)sexual intercourse. Rachilde probably knew the poem "Un voyage à Cythère" by Charles Baudelaire or, even more likely, "Cythère" by her friend Paul Verlaine in his collection *Fêtes galantes* (1869). In Alfred Delvau's *Dictionnaire érotique moderne* of 1864 (a work Rachilde would seem to have known), references to Venus often serve as euphemisms for sexual intercourse ("the pleasures of Venus") or related phenomena. Venereal disease was known as "a kick from Venus," and medical terminology for female genitalia included the "mountain of Venus." According to Shaw, "[A]n entry on 'common Venus' has as its definition 'the girl of the street, who only asks two francs for a voyage to Cythera'" (93).

L'unique ameublement de la chambre était le lit. Le portrait de Raoule, signé Bonnat,[48] s'accrochait aux tentures tout entouré de draperies blasonnées. Sur cette toile, elle portait un costume de chasse du temps de Louis XV et un lévrier roux léchait le manche du fouet que tenait sa main magnifiquement reproduite.

Jacques était étendu sur le lit, par une coquetterie de courtisane qui attend l'amant d'une minute à l'autre, il avait repoussé les couvertures ouatées et le moelleux édredon. Au reste une vivifiante chaleur régnait dans la chambre bien close.

Raoule, les pupilles dilatées, la bouche ardente, s'approcha de l'autel de son Dieu et dans son extase :

— Beauté, soupira-t-elle, toi seule existes, je ne crois plus qu'en toi.

Jacques ne dormait pas : il se souleva doucement sans quitter sa pose indolente ; sur le fond d'azur des courtines, son buste souple et merveilleux de forme, se détachait rose comme la flamme du brûle-parfums.

— Alors, pourquoi voulais-tu jadis la détruire, cette beauté que tu aimes ? répondit-il dans un souffle amoureux.

Raoule vint s'asseoir sur le bord de la couche, et prit à pleines mains la chair de ce buste cambré.

---

[48]Léon Bonnat (1833–1922) was a famous French painter of portraits in a traditional, academic style.

— Je punissais une trahison involontaire cette nuit-là ; songe à ce que je ferais si jamais tu me trahissais réellement.

— Ecoute, cher maître de mon corps, je te défends de rappeler le soupçon entre nos deux passions, il me fait trop peur...

Pas pour moi ! ajouta-t-il, riant de son adorable rire d'enfant, mais pour toi.

Il posa sa tête soumise sur les genoux de Raoule.

— C'est bien beau ici, murmura-t-il, avec un regard reconnaissant. Nous allons y être très heureux.

Raoule du bout de son index caressait ses traits réguliers et suivait l'arc harmonieux de ses sourcils.

— Oui, nous y serons heureux et il ne faut pas quitter ce temple de longtemps, pour que notre amour pénètre chaque objet, chaque étoffe, chaque ornement de caresses folles, comme cet encens pénètre de son parfum toutes les tentures qui nous enveloppent. Nous avions décidé un voyage, nous n'en ferons pas ; je ne veux pas fuir l'impitoyable société dont je sens grandir la haine pour nous. Il faut lui montrer que nous sommes les plus forts, puisque nous nous aimons... Elle pensait à sa tante... Jacques pensait à sa sœur.

— Eh bien, dit-il résolument, nous resterons. D'ailleurs, j'achèverai mon éducation de mari sérieux ; dès que je saurai me battre, j'essaierai de tuer le plus méchant de tes ennemis.

— Voyez-vous cela, madame de Vénérande, me tuer quelqu'un.

Il se renversa d'un mouvement gracieux jusqu'à son oreiller :

— Il faut bien qu'elle demande à tuer quel qu'un, puisque le moyen de mettre quelqu'un au monde lui est absolument refusé.

Ils ne purent s'empêcher de rire aux éclats, et dans cette gaîté à la fois cynique et philosophe, ils oublièrent la société impitoyable qui avait prétendu, en quittant l'hôtel de Vénérande, qu'elle quittait un tombeau.

Peu à peu, la gaîté insolente se calma. Son rictus ne déforma plus leurs deux bouches qui s'unissaient. Raoule attira le rideau jusqu'à elle, plongeant le lit dans une demi-obscurité délicieuse, au sein de laquelle le corps de Jacques avait des reflets d'astre.

— J'ai un caprice, dit-il, ne parlant plus qu'à voix basse.

— C'est le moment des caprices, répondit Raoule, mettant un genou sur le tapis.

— Je veux que tu me fasses une vraie cour, comme à pareille heure peut en faire un époux quand c'est un homme de ton rang.

Et il se tordait, câlin, dans les bras de Raoule, rejoints sous sa taille nue.

— Oh ! oh ! fit-elle, retenant ses bras, alors je dois être très convenable ?

— Oui... tiens, je me cache, je suis vierge...

Et, avec une vivacité de pensionnaire qui vient de lancer une malice, Jacques s'enveloppa de ses draps, un flot de dentelles retomba sur son front et ne laissa plus entrevoir que la rondeur de son épaule, qui semblait être, ainsi voilée, l'épaule large d'une femme du peuple, admise par hasard dans le lit d'un riche viveur.

— Vous êtes bien cruelle, fit Raoule, écartant le rideau.

— Mais non, dit Jacques, ne pensant pas qu'elle commençait déjà le jeu. Non, non, je ne suis pas cruel, je te dis que je veux m'amuser, là... J'ai de la gaîté plein le cœur, je me sens tout ivre, tout aimant, tout plein de désirs fous. Je veux user de ma royauté, je veux te faire crier de rage et remordre mes plaies comme lorsque tu me déchirais par jalousie. Je veux être féroce à ma manière, moi aussi.

— N'y a-t-il pas assez de nuits que j'attends et demande aux songes les voluptés que tu me refuses ? continua Raoule debout, et le couvant de ce regard sombre, dont la puissance avait doté l'humanité d'un monstre de plus.

— Tant pis, riposta Jacques, mettant sur sa lèvre pourpre le bout de sa langue humide, je me moque un peu de tes songes, la réalité sera meilleure après, je te supplie de commencer tout de suite, ou je me fâche.

— Mais c'est le martyre le plus atroce que tu puisses m'imposer, reprit la voix frémissante de Raoule, qui avait l'intonation grave du mâle ; attendre quand j'ai la félicité suprême à ma portée ; attendre quand tu ne sais pas encore combien je suis fier de te tenir en mon pouvoir ; attendre quand j'ai tout sacrifié pour avoir le droit de te garder à mes côtés, jour et nuit ; attendre quand le bonheur inouï serait de t'écouter seulement me dire : Je suis bien le front sur ton sein, je veux dormir là. Non, non, tu n'auras pas ce courage !

— Je l'aurai, déclara Jacques, sincèrement dépité de voir qu'elle ne se prêtait pas à la comédie sans en avoir le bénéfice voluptueux. Je te répète que c'est un caprice.

Raoule tomba sur les genoux, les mains jointes, ravie de le voir dupe lui-même et *par habitude* de la supercherie qu'il implorait, sans se douter qu'elle l'employait dans son langage passionné depuis vingt minutes.

— Oh ! tu es d'une méchanceté ! je te trouve tout à fait détestable, fit Jacques énervé.

Raoule s'était reculée, la tête rejetée en arrière.

— Parce que je ne puis te voir sans devenir fou, dit-elle, se trompant à son tour, parce que ta divine beauté me fait oublier qui je suis et me donne des transports d'amant, parce que je perds la raison devant tes nudités idéales... Et qu'importe à notre passion délirante le sexe de ces caresses, qu'importent les preuves d'attachement que peuvent échanger nos corps ? Qu'importe le souvenir d'amour de tous les siècles et la réprobation de tous les mortels ?... Tu es belle... Je suis homme, je t'adore et tu m'aimes !

Jacques avait compris enfin qu'elle lui obéissait. Il se leva sur un coude, les yeux pleins d'une joie mystérieuse.

— Viens !... dit-il dans un frisson terrible, mais n'ôte pas cet habit, puisque tes belles mains suffisent à enchaîner ton esclave... Viens !

Raoule se rua sur le lit de satin, découvrant de nouveau les membres blancs et souples de ce Protée amoureux qui, à présent n'avait plus rien conservé de sa pudeur de vierge.

Durant une heure, ce temple du paganisme moderne ne retentit que de longs soupirs entrecoupés et du bruit rythmé des baisers, puis tout à coup un cri déchirant retentit, pareil au hurlement d'un démon qui vient d'être vaincu.

— Raoule, s'écria Jacques, la face convulsée, les dents crispées sur la lèvre, les bras étendus comme s'il venait d'être crucifié dans un spasme de plaisir, Raoule tu n'es donc pas un homme ! Tu ne peux donc pas être un homme !

Et le sanglot des illusions détruites, pour toujours mortes, monta de ses flancs à sa gorge.

Car Raoule avait défait son gilet de soie blanche, et, pour mieux sentir les battements du cœur de Jacques, elle avait appuyé l'un de ses seins nus sur sa peau ; un sein rond, taillé en coupe avec son bouton de fleur fermé qui ne devait jamais s'épanouir dans la jouissance sublime de l'allaitement. Jacques avait été réveillé par une révolte brutale de toute sa passion, il repoussa Raoule, le poing crispé :

— Non ! non ! n'ôte pas cet habit, hurla-t-il au paroxysme de la folie.

Une seule fois ils avaient joué sincèrement la comédie tous les deux, ils avaient péché contre leur amour, qui pour vivre avait besoin de regarder la vérité en face, tout en la combattant par sa propre force.

Chapitre XV

Ils étaient restés en plein Paris pour lutter, pour braver. L'opinion publique, cette grande prude, se refusa au combat. On fit le vide autour de l'hôtel de Vénérande. Mme Silvert fut peu à peu rayée du clan des femmes recherchées, on ne lui ferma pas les portes, mais il y eut des audacieux qui ne repassèrent plus son seuil. Les fêtes d'hiver ne réclamèrent plus sa présence, on ne la consulta plus au sujet de la nouvelle pièce, du nouveau roman, des nouveautés de la mode. Ils allaient, Jacques et Raoule, beaucoup au théâtre, mais leur loge ne s'ouvrait jamais pour un ami ; ils n'avaient plus d'amis, ils étaient les maudits de l'Eden, ayant derrière eux, non pas un ange brandissant un glaive flamboyant, mais une armée de mondains. L'orgueil de Raoule tint bon.

L'épisode de la tante, se rendant au couvent la nuit même de leurs noces, défrayait mainte conversation, et, comme personne n'avait plaint la chanoinesse, alors qu'elle ne menait pas l'existence de ses rêves, on la plaignit énormément lorsqu'elle eut réalisé son vœu le plus cher.

Quant à Marie Silvert, elle ne reparaissait pas. Dans une classe qui n'avait aucun rapport avec la société dont Raoule faisait partie, on savait seulement que certaine maison se fondait dans le genre tout à fait luxueux, et quelques habitués de ces sortes de maisons savaient qu'une Marie Silvert la dirigerait.

Tant il est vrai que les aumônes des saints ne sanctifient souvent pas ceux qui les reçoivent.

Rien pourtant ne transpirait dans l'entourage de Raoule, elle-même ignorait ce fait honteux. On la respectait, voilà tout. Et on se garait sur son passage comme sur le passage d'une femme menacée pour une prochaine catastrophe.

Un soir Jacques et Raoule retardèrent d'un accord tacite l'heure du plaisir. Il y avait trois mois qu'ils étaient mariés, trois mois que chaque nuit les retrouvait s'étourdissant de caresses sous la coupole bleue de leur temple. Mais ce soir-là, près d'un feu mourant, ils causaient : on ne sait pas quel attrait il y a quelquefois dans l'agonie de la braise. Jacques et Raoule avaient besoin de causer l'un près de l'autre, sans transports féminins, sans cris voluptueux, en bons camarades qui se revoient après une longue absence.

— Qu'est donc devenu de Raittolbe ? fit Raoule lançant au plafond la fumée d'une cigarette turque.

— C'est vrai, murmura Jacques, il n'est pas poli !

— Tu sais que je n'en ai plus peur, fit Raoule en riant.

— Moi, cela m'amuserait de jouer à *ton mari* devant ses moustaches hérissées.

— Tiens ! voyez-vous ce petit fat !... elle ajouta gaîment :

— Veux-tu que nous lui offrions demain une tasse de thé... nous n'irons pas à l'Opéra et nous ne lirons pas de vieux livres.

— Si tu n'y vois pas d'inconvénient.

— La lune de miel ne permet pas les surprises, madame, fit Raoule portant à ses lèvres la main blanche de Jacques. Celui-ci rougit et haussa les épaules dans un imperceptible mouvement d'impatience.

Le lendemain soir le samovar fumait devant de Raittolbe qui n'avait pas fait d'objection à l'invitation de Raoule.

Les premières paroles échangées sentirent l'ironie de part et d'autre. Jacques frisa l'impertinence, Raoule le dépassa, de Raittolbe appuya fortement.

— Vous nous boudez, dit Jacques en lui offrant l'index comme s'il y mettait de la condescendance.

— Le cher baron serait-il jaloux de notre bonheur ? interrogea Raoule se dressant comme un gentilhomme offensé.

— Mon Dieu ! mon excellent ami, fit de Raittolbe, affectant la confusion et ne s'adressant qu'à Mme Silvert, je crains toujours les lubies des femmes nerveuses, si par hasard mon élève, et il désignait Jacques, s'était passé la fantaisie de démoucheter un de ses fleurets, vous comprenez...

En prenant le thé on échangea encore quelques allusions sanglantes.

— Vous savez que les Sauvarès, les René, les d'Armonville jusqu'aux Martin Durand, nous fuient, lança Raoule entre deux mauvais rires de diable qui constate sa damnation.

— Ils ont tort... Je prends sur moi de les remplacer avantageusement... On a des amis intimes ou on n'en a pas, repartit de Raittolbe.

A dater de ce moment, il revint tous les mardis à l'hôtel de Vénérande. Les leçons d'escrime furent remises en vigueur ; une fois même, Jacques alla, en compagnie du baron, essayer un cheval récemment acheté. Le mariage semblait avoir comblé tous les abîmes jadis ouverts sous les pieds de l'ex-officier de hussards.

Il traitait d'égal à égal avec Jacques et en le voyant bien campé sur sa selle, le cigare au coin de la bouche, l'œil hardi, il pensait :

— Peut-être tirerait-on un homme de cet argile... si Raoule voulait.

Et il songeait à une réhabilitation possible, provoquée, en une minute d'oubli, par une vraie maîtresse que Raoule serait forcée de combattre avec la tactique féminine habituelle.

Au retour du bois, Jacques désira visiter l'appartement de de Raittolbe. Ils poussèrent jusqu'à la rue d'Antin.

En pénétrant dans cet intérieur Jacques fronça les narines.

— Oh ! fit-il, ça sent rudement le tabac chez vous !

— Dame, mon cher mignon, objecta de Raittolbe malicieux, je ne suis pas un apostat, moi ! J'ai mes croyances, je les garde.

Soudain Jacques eut une exclamation, il venait de reconnaître, un à un, tous les meubles de son ancien appartement du boulevard Montparnasse.

— Tiens, fit il, je les avais laissés à ma sœur ?

— Oui, elle me les a revendus ; ce n'étaient cependant pas les amateurs qui manquaient, mais...

— Quoi ? interrogea le jeune homme intrigué.

— J'ai tenu à les avoir parce qu'ils sont autant de chapitres d'un roman vécu qu'il était inutile de voir publier un jour.

— Ah ! vous êtes fort aimable ! balbutia Jacques en s'asseyant sur son ancien divan oriental. Il n'avait trouvé que cette phrase banale pour remercier le baron de sa délicatesse. Celui-ci se mit à côté de lui.

— Ce temps est loin, n'est-il pas vrai, Jacques ? et cavalièrement il lui frappait sur la cuisse.

— Qu'en savez-vous ? murmura Jacques laissant aller sa tête en arrière.

— Comment ? Je pense bien que Mme Silvert nous donnera bientôt l'occasion de sucer quelques dragées. Pour ma part, j'en commanderai au kirsch ne pouvant les avaler qu'au kirsch.

— Voyons, mauvais plaisant, vous allez vous taire !

— Hein ? grogna de Raittolbe.

— Eh ! oui, sans doute ? Ne voulez-vous pas que j'accouche par-dessus le marché ?

Le baron saisit au hasard un superbe narghilé de porcelaine et l'envoya se briser contre le mur.

— Mille millions de tonnerres ! rugit-il, vous êtes donc empaillé ! vous ! Cependant je n'ai pas eu la berlue certaine nuit.

— Bah ! fit Jacques avec abandon, une mauvaise habitude est si tôt prise.

De Raittolbe se promenait de long en large.

— Jacques, dit-il, avez-vous envie d'essayer autre chose sans que jamais votre bourreau femelle en sache rien ?

— Peut-être... et Jacques eut un étrange sourire.

— Allez voir au crépuscule ce qui se passe chez votre sœur.

— Débauché ! fit le mari de Raoule, secouant sa jolie tête rousse.

— Vous refusez ?

— Non ! je demande des explications.

— Oh ! déclara de Raittolbe, plein d'une pudeur comique, je ne me charge pas de la réclame de ces maisons-là ; *elles* sont toutes charmantes et savantes, voilà tout.

— Ce n'est pas assez.

— Fichtre ! le canard décapité, alors ! marmotta de Raittolbe furieux. Jacques leva son œil étonné, pur comme un œil de vierge sur le viveur à poil rude qui lui parlait.

— Que dites-vous, baron !...

— Ah ! c'est drôle morbleu ! sacrebleu !

Et de Raittolbe s'étreignait les tempes, puis il contempla ce visage fatigué mais si délicat dans ses traits de blonde voluptueuse.

— Je ne puis pourtant pas vous raconter une histoire qu'ensuite vous irez répéter à notre fougueuse Raoule... espèce de fille manquée.

— Non ! je ne dirai rien... racontez tout ce que vous voudrez... si c'est drôle.

Et saisi d'une curiosité malsaine, Jacques oubliait à qui il avait affaire ; confondant toujours les hommes dans Raoule et Raoule dans les hommes, il se leva et vint joindre ses mains sur l'épaule de de Raittolbe.

Un moment son souffle parfumé effleura le cou du baron. Celui-ci frémit jusqu'aux moelles et se détourna, regardant la fenêtre qu'il eût bien voulu ouvrir.

— Jacques, mon petit, pas de séduction ou j'appelle la police des mœurs.

Jacques éclata de rire.

— Une séduction en veston de cheval, oh ! quel vilain dépravé ! Baron vous êtes inconvenant ce me semble !...

Mais le rire de Jacques était devenu nerveux.

— Eh ! eh ! je vous le paraîtrais moins si vous étiez en veston de velours !... eut la folié de répliquer de Raittolbe.

Jacques fit une moue. Quand il vit se plisser la bouche du monstre, de Raittolbe fit un bond jusqu'à la fenêtre :

— J'étouffe, râlait-il.

Lorsqu'il revint auprès de Jacques, celui-ci se tordait sur le divan dans un accès de rire inextinguible.

— Sortez, Jacques ! fit-il, la cravache levée. Puis l'abaissant :

— Sortez, Jacques, reprit-il avec une voix presque défaillante, car cette fois vous pourriez vous faire tuer.

Jacques s'empara de son bras.

— Nous ne savons pas encore assez bien nous battre, fit-il, l'entraînant de force jusqu'à leurs chevaux, piaffant près du trottoir.

Ils dînèrent à l'hôtel de Vénérande, côte à côte, sans qu'aucune allusion à la scène de l'après-midi pût alarmer la confiance de Raoule.

Une nuit, Mme Silvert pénétra seule dans le temple azuré. Le lit de Vénus demeura vide, le brûle-parfum ne s'alluma pas, Raoule n'endossa point l'habit noir...

Jacques, sorti après le déjeuner pour assister à un assaut de maîtres en renom, n'était pas rentré.

Vers minuit, Raoule doutait encore de la possibilité d'une trahison. Machinalement ses yeux se fixèrent sur l'amour soutenant le rideau ; elle crut lui voir une expression moqueuse.

Elle sentit ses veines se glacer d'un effroi inconnu... Elle courut au fond de la chambre chercher un poignard dissimulé derrière son portrait et se l'appuya sur le sein.

Un bruit de pas se fit entendre dans le cabinet de toilette.

— Monsieur ! cria la voix de Jeanne.

La soubrette prenait sur elle de l'annoncer sans ordre, pour rasséréner madame, dont la physionomie bouleversée lui avait fait peur.

En effet, monsieur entrait quelques secondes plus tard.

Raoule s'élança avec un cri d'amour ; mais Jacques la repoussa brutalement.

— Qu'as-tu donc ? balbutia Raoule affolée... on dirait que tu es ivre !

— Je viens de chez ma sœur, dit-il d'une voix saccadée... de chez ma sœur la prostituée... et pas une de ces filles, tu m'entends ? pas une n'a pu faire revivre ce que tu as tué, sacrilège !...

Il tomba très lourd sur la couche nuptiale, répétant dans une grimace de dégoût :

— Je les déteste, les femmes, oh ! je les déteste !

Raoule, atterrée, recula jusqu'au mur ; là, elle s'affaissa sur elle-même, évanouie.

Chapitre XVI

« Ma très chère belle-sœur,

« Rendez-vous donc ce soir vers 2 heures chez votre ami M. de Raittolbe, vous y verrez des choses qui vous feront plaisir.

« Marie Silvert. »

Ce billet était aussi laconique qu'un soufflet donné en pleine joue. Raoule, en le lisant, éprouva une sensation d'horreur ; cependant sa vaillante nature d'homme reprit un moment le dessus.

— Non ! s'écria-t-elle, il a pu vouloir tromper sa femme... il est incapable de trahir son amant !

Il y avait un mois que Jacques ne quittait plus, pour ainsi dire, leur sanctuaire d'amour, et un mois, qu'une aurore, il avait demandé pardon comme *une adultère* repentante, baisant ses pieds, couvrant ses mains de larmes. Elle avait pardonné parce que peut-être, au fond, elle était heureuse qu'il se fût prouvé à lui-même qu'il était à la merci de son infernale puissance. Fallait-il donc que de la boue remontât une nouvelle insulte pour sa passion miséricordieuse ?

Oh ! mais aussi... elle le savait trop bien, la chair saine et fraîche est la souveraine du monde. Elle le disait si souvent dans leurs nuits folles, plus voluptueuses et plus raffinées depuis la nuit d'orgie de Jacques. Raoule brûla le billet. Alors, les mots de ce billet transparurent sur les murailles de son salon en lettres de feu. Elle ne voulait plus le relire, mais elle le revoyait partout, du parquet au plafond. Raoule fit venir un à un ses gens, elle leur posa cette question.

— Savez-vous de quel côté monsieur est allé ce soir après sa promenade au bois ?

— Madame, répondit le petit groom qui avait tenu la bride du cheval de Jacques, je crois que monsieur est monté dans un fiacre !...

Ce renseignement n'indiquait pas les intentions de son mari, cependant pourquoi n'était-il pas rentré pour lui faire part de sa fugue ?

Elle devenait stupide, ma foi !... Est-ce qu'elle pouvait hésiter ? Est-ce que la nature humaine n'est pas toujours prête à succomber à la plus extravagante des tentations ? Est-ce qu'elle-même un jour, il y avait juste un an, n'était pas allée trouver Jacques au lieu d'aller trouver de Raittolbe ?

— Alors, pensa la farouche philosophe, il est allé où son destin l'appelait, il est allé où j'ai prévu qu'il irait en dépit de mes caresses démoniaques ! Raoule, l'heure de l'expiation vient de sonner pour toi, regarde le danger en face ! et s'il n'est plus temps, châtie le coupable.

Elle tressaillit, car tout en mettant ses habits d'homme pour ne pas être reconnue *rue d'Antin*, elle se parlait haut.

— Coupable ! l'est-il ? Qui sait ? Ne dois-je pas supporter le poids d'un crime trop souvent prévu par mes soupçons et à l'idée duquel ses lâches instincts l'ont habitué ?

Elle ajouta en gagnant l'escalier de service correspondant à leur chambre.

— Je ne le châtierai pas, je me contenterai de détruire l'idole, car on ne peut plus adorer un dieu déchu ! Et elle partit le regard droit, le visage tranquille avec le cœur broyé...

Rue d'Antin, le concierge lui dit :

— M. de Raittolbe ne reçoit personne — puis, en clignant de l'œil parce qu'il voyait que ce jeune homme élégant devait être un ami intime — il y a une dame chez lui.

— Une femme ! râla Mme Silvert.

Une atroce supposition lui vint tout de suite à l'esprit. Il avait pu passer d'abord chez sa sœur... chez sa sœur, il y avait des livrées à toutes les tailles !

— Eh bien, mon ami, c'est justement pour cela que je désire le voir !...

— Mais c'est impossible, M. le baron ne plaisante pas avec ces sortes de consignes.

— Vous en a-t-il donné une !...

— Non... Tiens... ça se devine !...

Raoule monta sans daigner se retourner et sonna à la porte de l'entresol. Le valet de chambre de de Raittolbe arriva, un doigt sur la bouche.

— Monsieur ne reçoit pas en ce moment !

— Voici ma carte, il faut qu'on me reçoive !

Elle avait une carte de son mari dans la poche de son pardessus.

— Monsieur Silvert, bégaya le domestique ahuri, mais...

— Mais, dit Raoule s'efforçant de rire, ma femme est ici, je le sais ! Vous avez peur que je veuille faire un esclandre ? Soyez tranquille, le commissaire de police ne me suit pas... Elle lui glissa un billet de banque et referma la porte sur eux.

— En effet, Monsieur, murmura le pauvre garçon terrifié, j'ai annoncé Mme Silvert il y a à peine un grand quart d'heure, je vous jure...

Raoule traversa rapidement la salle à manger et entra dans le fumoir, ayant toujours soin de refermer les portes qu'elle ouvrait.

Le fumoir était éclairé par une seule bougie, posée sur une console. M. de Raittolbe, debout près de cette console, tenait un pistolet à la main.

Raoule ne fit qu'un bond. Lui aussi voulait se tuer ? Qui est-ce qui l'avait trahi ? Une créature aimée ou sa force morale ?...

Elle saisit le pistolet et l'attaque fut si brusque, si imprévue, que de Raittolbe le lâcha ; l'arme alla rouler sur le tapis.

— C'est toi ? bégaya l'ex-officier, pâle comme un mort.

— Oui, tu dois parler avant de te brûler la cervelle, je l'exige. Après... oh ! tu feras ce que tu voudras !...

Elle paraissait tellement calme que de Raittolbe crut qu'elle ne savait rien.

— Jacques est ici ! fit-il d'un ton guttural.

— Je m'en doute, puisque ton domestique vient de te l'annoncer tout à l'heure.

— En costume de femme ! s'exclama de Raittolbe, mettant dans cette phrase toute une explosion de rage insensée.

— Parbleu ! et ils s'envisagèrent un moment avec une
effrayante fixité.

— Où est-il ?

— Dans ma chambre à coucher !

— Que fait-il ?

— Il pleure !...

— Tu as refusé !

— J'ai voulu l'étrangler, rugit de Raittolbe.

— Ah ! mais ensuite tu as voulu te brûler la cervelle ?

— Je l'avoue !...

— La raison ?

De Raittolbe ne trouva rien à répondre. Anéanti, le
viveur se laissa tomber sur un canapé.

— Mon honneur est plus susceptible que le vôtre ! dit-
il enfin.

Alors Raoule se dirigea vers la chambre à coucher.
Quelques instants qui parurent des siècles au baron
s'écoulèrent dans le plus profond silence.

Puis une femme reparut vêtue d'une longue robe de
velours noir tout unie, la tête enveloppée d'une mantille. Cette femme était Mme Silvert, née Raoule de
Vénérande. Livide et chancelant, son mari la suivait, il
avait relevé le collet de son pardessus pour cacher des
traces rouges qu'il avait au cou.

— Baron, dit Mme Silvert d'une voix ferme, j'ai été surprise en flagrant délit, mais mon mari ne veut pas un scandale public. Il vous attendra à six heures, demain, avec ses témoins, au Vésinet, sur la lisière du bois.

M. de Raittolbe s'inclina sans se tourner du côté de Jacques, dont le front était baissé.

— Il suffit, madame ! murmura-t-il ; seulement, le flagrant délit ne peut pas être constaté par votre mari, car Mme Silvert n'est pas coupable, je l'affirme ! Et il posa la main sur sa rosette de la Légion d'honneur.

— Je vous crois, monsieur !

Elle salua comme un adversaire et elle se retira le bras passé autour de la taille de Jacques. En franchissant le seuil du fumoir, elle se retourna :

— A mort ! jeta-t-elle simplement dans l'oreille de Raittolbe qui la reconduisait.

Le valet de chambre dit plus tard au sujet de cette étrange aventure :

— Mme Silvert, que j'aurais juré avoir vue blonde comme les blés en entrant, était brune comme la suie en sortant... Ah ! c'est de toutes les façons une bien jolie femme !

Ce fut Raoule elle-même qui, le lendemain, vint éveiller Jacques dès l'aube ; elle lui donna les deux adresses de ses témoins.

— Va, dit-elle d'un accent très doux, et n'aie pas peur. Il s'agit d'un assaut en plein air, au lieu d'être à la salle d'escrime !

Jacques se frotta les yeux comme un être qui n'a plus conscience de ce qu'il fait ; il avait dormi tout habillé sur son lit de satin :

— Raoule, murmura-t-il avec humeur, c'est ta faute, et puis, j'ai voulu plaisanter, voilà tout !...

— Aussi, lui dit-elle, souriant d'un sourire adorable, je t'aime encore !... Ils s'embrassèrent.

— Tu iras faire ton devoir de mari outragé, tu recevras une petite égratignure, c'est la seule vengeance que je veux tirer de toi. Ton adversaire est prévenu : il doit respecter ta personne !...

— Ah ! Raoule, s'il ne t'obéissait pas ? murmura Jacques inquiet.

— Il m'obéira !

Le ton de Raoule n'admettait pas de réplique.

Cependant, Jacques, à travers les brouillards de son imagination idiotisée par le vice, revoyait toujours devant lui la figure menaçante de Raittolbe, et il ne comprenait pas pourquoi, elle, *le bien-aimé*, lui pardonnait si lâchement.

Il trouva le coupé tout attelé près du perron, monta d'une allure machinale et se rendit aux adresses indiquées.

Martin Durand accepta sans contestation de lui servir de témoin dans une affaire inconnue. Mais le cousin René, devinant qu'il s'agissait d'une escapade de Raoule, ne trouva pas *amusant* d'avoir à soutenir l'honneur de Jacques Silvert. Il ne céda que quand il sut qu'il n'y avait qu'une querelle d'escrime en jeu.

Alors, comme Jacques avait épousé une de Vénérande et, de ce chef, faisait partie de *leur noblesse*, par esprit de corps, le cousin René rejoignit Martin Durand.

Les deux témoins, ne sachant pas le moins du monde à quoi s'en tenir, n'échangèrent que de rares paroles. Jacques Silvert, lui, se renversa dans le coin le mieux rembourré de sa voiture et s'endormit.

— Alexandre ! fit René, montrant le mari de Raoule en ricanant.[49]

— Parbleu, riposta Martin Durand, il se bat pour la galerie. Raittolbe a probablement à lui faire essayer une nouvelle botte. Est-il assez complaisant, ce mari !

René eut un geste de hauteur qui arrêta net la diatribe malencontreuse de l'architecte.

Après une heure un quart de trot relevé de son pur sang, Jacques, réveillé par ses témoins, sauta à terre sur la lisière du bois. Ils furent quelques instants à trouver l'adversaire. Tout était singulier dans ce duel, et le lieu

---

[49]The Greek emperor Alexander was known for his ability to catnap, a factor that contributed to his military success, according to some.

du rendez-vous n'était pas plus défini que son réel motif.

Enfin, de Raittolbe apparut, amenant avec lui deux anciens officiers. Jacques savait qu'on salue son adversaire, il le salua.

— Très crâne, de plus en plus crâne ! affirma René. Puis les témoins s'abordèrent, et Jacques, pour se donner la contenance d'un vrai mâle, alluma une cigarette offerte par Martin Durand.

On était au mois de mars, il faisait un temps gris mais très tiède. Il avait plu la veille et les bourgeons naissants des arbres étincelaient de mille gouttelettes brillantes. En levant le front, Jacques ne put s'empêcher de sourire de son sourire vague qui était chez lui toute la spiritualité de sa molle matière. A quoi souriait-il ? Mon Dieu, il l'ignorait ; seulement ces gouttes d'eau lui avaient fait l'effet de regards limpides abaissés tendrement sur sa destinée, et il en ressentait de la joie au cœur !

Quand il voyait la campagne, ayant Raoule à son bras, le corps de cette terrible créature, maître du sien, obstruait tout devant lui.

Et il l'aimait cruellement cette femme ; ...il est vrai qu'il l'avait cruellement offensée pour cet homme qui lui avait fait si mal au cou...

Il ramena son regard sur la terre. Des violettes perçaient çà et là le gazon. Alors, de même que les gouttes de pluie avaient semé des paillettes dans son obscur cerveau, de même les petits yeux sombres des fleurs à demi voilées mélancoliquement par les brins d'herbes comme par des cils, le rendirent plus obscur encore.

Il vit la terre maussade, fangeuse, et il frémit à la pensée d'être un matin couché là, pour ne jamais se relever.

Oui, certes, il l'avait offensée, cette femme ; mais cet homme, pourquoi lui avait-il fait si mal au cou ?...

Ensuite, rien n'était de sa faute !... La prostitution, c'est une maladie ! Tous l'avaient eue dans sa famille : sa mère, sa sœur ; est-ce qu'il pouvait lutter contre son propre sang ?...

On l'avait fait *si fille* dans les endroits les plus secrets de son être, que la folie du vice prenait les proportions du tétanos ! D'ailleurs ce qu'il avait osé vouloir, c'était plus naturel que ce qu'elle lui avait appris !

Et il secouait au vent ses cheveux roux en pensant à ces choses ! Ils allaient poser un peu sous des épées croisées, faire *des pliés*. « Allez, Messieurs ! »

Ils ferrailleraient jusqu'à ce qu'il reçût l'égratignure promise, puis il reviendrait bien vite lui faire boire dans un baiser la perle pourpre pas plus grosse que les perles de la pluie...

... Pourtant, cet homme lui avait fait bien mal au cou...

Les places étaient marquées ; le choix des armes appartenait à de Raittolbe. Il choisit les siennes. Quand

Jacques prit son épée aux mains de Durand, il fut surpris de sa pesanteur. Cela lui fut désagréable : celles dont il se servait habituellement étaient fort légères. Il se campa devant de Raittolbe. Le « Allez, Messieurs ! » prononcé par l'un des témoins du baron, laissa les adversaires en présence.

Jacques maniait son arme avec difficulté. Décidément, ce de Raittolbe avait des épées impossibles !

Le baron ne voulait pas regarder Jacques en face, mais le jeune homme manifestait une quiétude si grande, quoique muette, que de Raittolbe sentit le froid lui envahir l'âme.

— Dépêchons, songea-t-il, débarrassons la société d'un être immonde !

A ce moment, l'aurore déchira la nue grise. Un rayon glissa jusqu'aux combattants. Jacques fut illuminé et, sa chemise s'entrouvrant au creux de sa poitrine, l'on put apercevoir sur une peau fine comme la peau d'un enfant, des frisons d'or qui formaient à peine une estompe à la chair.

De Raittolbe fit une feinte. Jacques para avec grâce, mais un peu lâchement. Lui aussi avait hâte d'en finir... Si le baron se trompait ? sa poigne était irrésistible, il le savait depuis la veille ! C'était surtout ce silence religieux qui lui pesait ! au moins Raoule l'amusait de ses saillies mordantes quand elle lui donnait ses leçons, et il avait envie d'être beau...

De Raittolbe eut quelques secondes d'hésitation. Une angoisse affreuse le tenaillait et une sueur moite mouillait sa chemise.

Ce Jacques, tout rose, lui paraissait joyeux ! Il n'était donc pas poltron, cet être maudit, il ne comprenait donc pas qu'il fallait se défendre ?... Les coups d'épée n'avaient donc pas plus de prise sur ses membres de jeune dieu que les coups de cravache.

Alors, ne voulant pas savoir ce qu'il adviendrait, dans un coupé rapide, il se fendit en détournant un peu la tête et atteignit Jacques juste au milieu de ces frisons roux que l'aurore rendait luisants comme une dorure. Il lui sembla que son épée entrait toute seule dans la chair d'un nouveau né. Jacques ne poussa pas un cri, le malheureux tomba sur les touffes de gazon d'où le guettaient les petits yeux sombres des violettes. Mais de Raittolbe cria, lui ; il eut une exclamation déchirante qui bouleversa les témoins.

— Je suis un misérable ! fit-il avec l'accent d'un père qui, par mégarde, aurait assassiné son fils. Je l'ai tué ! Je l'ai tué !

Il se précipita sur le corps étendu.

— Jacques ! supplia-t-il, regarde-moi ! parle-moi ! Jacques, pourquoi as-tu voulu cela, aussi ? ne savais-tu pas que tu étais condamné d'avance ? Ah ! c'est une atrocité, je ne peux pas, moi qui l'aime, l'avoir tué ! dites, Monsieur ? ce n'est pas vrai ? je rêve ?...

Les témoins, navrés par cette douleur inattendue, essayaient de le calmer tout en soulevant Jacques.

— Pour un duel au premier sang, c'est une issue regrettable, mâchonna l'un des deux officiers.

— Oui ! voilà une affaire désastreuse, murmurait Martin Durand.

— Et pas un médecin, ajouta René horriblement vexé du dénoûment de l'aventure.

— Moi ! j'ai l'habitude de ces choses-là, je vais le panser, allez me chercher de l'eau, vite... dit le second témoin du baron.

Pendant qu'on allait chercher de l'eau, de Raittolbe avait appuyé ses lèvres sur la blessure et tâchait d'attirer le sang qui coulait à peine.

Avec un mouchoir on aspergea le front de Jacques. Il entr'ouvrit les paupières.

— Tu vis ? dit le baron, oh ! mon enfant, me pardonnez-vous ? continua-t-il en balbutiant, vous ne saviez pas vous battre, vous vous êtes offert vous-même à la mort.

— Nous affirmons, interrompit l'un des officiers qui pensait que son ami allait trop loin, que M. de Raittolbe s'est parfaitement conduit.

— Tu dois bien souffrir, n'est-ce pas ? poursuivait le baron ne les écoutant plus, toi que le moindre mal fait trembler. Hélas ! tu es si peu un homme ! Il faut que j'aie été fou pour accepter ce combat. Mon pauvre Jacques, réponds-moi, je t'en conjure !

Les paupières de Silvert se levèrent tout à fait ; un amer rictus crispa sa belle bouche dont la chaude nuance pâlissait.

— Non ! Monsieur, bégaya-t-il d'une voix devenue moins qu'un souffle, je ne vous en veux pas... c'est ma sœur... qui est cause de tout... ma sœur !... J'aimais bien Raoule... Ah ! j'ai froid !

De Raittolbe voulut de nouveau sucer la plaie, parce que le sang ne coulait toujours pas.

Alors Jacques le repoussa et lui dit plus bas encore :

— Non ! laissez-moi, vos moustaches me piqueraient.

Son corps frissonna en se renversant en arrière. Jacques était mort.

————————

— Vous n'avez pas remarqué, dit l'un des témoins du baron, lorsque la voiture se fut éloignée emportant le cadavre, vous n'avez pas remarqué que de Raittolbe, malgré son désespoir, a oublié de lui tendre la main ?

— Oui, d'ailleurs ce duel a été aussi incorrect que possible... j'en suis navré pour notre ami.

————————

Le soir de ce jour funèbre, Mme Silvert se penchait sur le lit du temple de l'Amour et, armée d'une pince en vermeil, d'un marteau recouvert de velours et d'un ciseau en argent massif, se livrait à un travail très minutieux... Par instants, elle essuyait ses doigts effilés avec un mouchoir de dentelle.

Chapitre XVII

Le baron de Raittolbe a repris du service en Afrique. Il est de toutes les expéditions dangereuses. Ne lui a-t-on pas prédit qu'il mourrait par le feu ?

A l'hôtel de Vénérande, dans le pavillon gauche, dont les volets sont toujours clos, il y a une chambre murée.

Cette chambre est toute bleue comme un ciel sans nuage. Sur la couche en forme de conque, gardée par un Eros de marbre, repose un mannequin de cire revêtu d'un épiderme en caoutchouc transparent. Les cheveux roux, les cils blonds, le duvet d'or de la poitrine sont naturels ; les dents qui ornent la bouche, les ongles des mains et des pieds ont été arrachés à un cadavre. Les yeux en émail ont un adorable regard.[50]

---

[50]Nineteenth-century culture was no stranger to morbid relics. To cite but one example, the Princess de Belgiojoso (Cristina Trivulzio), a well-known fan of spiritualism in nineteenth-century France, reputedly kept the partially embalmed body of a young man in her wardrobe and preserved the hearts of lovers in reliquaries. Wax figures with morbid associations were particularly commonplace in the nineteenth century. To begin with, there were the wax models of female figures used to teach anatomy and known as "anatomical

La chambre murée a une porte dissimulée dans la tenture d'un cabinet de toilette.

La nuit, une femme vêtue de deuil, quelquefois un jeune homme en habit noir, ouvrent cette porte.

Ils viennent s'agenouiller près du lit, et, lorsqu'ils ont longtemps contemplé les formes merveilleuses de la statue de cire, ils l'enlacent, la baisent aux lèvres. Un ressort dis-

---

Venuses" (which may have suggested to Rachilde the title of her novel—she seems to have had some knowledge of the medical profession). These models, with detachable abdomens that revealed the inner workings of the female reproductive system but also with seductive poses and winsome facial features, were used as teaching aids in the medical profession (see Showalter) and often incorporated real human body parts such as hair, just as Raoule's model does. Waxwork displays at spectacles such as the Musée Grévin were a popular form of entertainment, and wax models commemorated certain historical events that resonated with cultural meaning. The Mayerling Affair—when Rudolf (crown prince of the Hapsburg Empire) and his mistress died in a suicide pact—did not take place until 1889 (a date that coincides with the first French edition of *Monsieur Vénus*), but it captured the popular imagination and was marked by the preservation and reconstruction of the event through wax figures. The prince's mistress, Marie Vetsera, was re-created, in a wax model complete with a bleeding wound to the head, by a Viennese collector just after the events occurred. This model later passed into the possession of the Italian marquise Casati (Luisa Amman, 1881–1957), a great fan of weird wax models. At one dinner party c. 1912, one of the guests was a life-size wax statue that had an urn containing the ashes of one of the marquise's lovers instead of a heart. The marquise also had a wax model made of herself. Rumor was that the model's wig was made from the marquise's own famous red hair. The model had its own room and exact duplicates of the marquise's designer clothes (these and other anecdotes are reported in Ryersson and Yaccarino; see also Bloom).

posé à l'intérieur des flancs correspond à la bouche et l'anime en même temps qu'il fait s'écarter les cuisses.

Ce mannequin, chef-d'œuvre d'anatomie, a été fabriqué par un Allemand.

Works Cited in the Notes

Apter, Emily. "Hysterical Vision: The Scopophilic Garden from Monet to Mirbeau." *Feminizing the Fetish: Psychoanalysis and Narrative Obsession in Turn-of-the-Century France.* Ed. Apter and William Pietz. Ithaca: Cornell UP, 1991. 147–75.

Baudelaire, Charles. "Du vin et du haschisch comparés comme moyens de multiplication de l'individualité." Baudelaire, *Œuvres* 243–67.

———. *Œuvres.* Vol. 1. Paris: Gallimard, 1934.

———. "Les paradis artificiels." Baudelaire, *Œuvres* 269–402.

Beizer, Janet. *Ventriloquized Bodies: Narratives of Hysteria in Nineteenth-Century France.* Ithaca: Cornell UP, 1994.

Bloom, Michelle E. *Waxworks: A Cultural Obsession.* Minneapolis: U of Minnesota P, 2003.

Cheyette, Fredric L. *Ermengard of Narbonne and the World of the Troubadours.* Ithaca: Cornell UP, 2001.

DeJean, Joan. *Fictions of Sappho, 1546–1937.* Chicago: Chicago UP, 1989.

Didi-Huberman, Georges. *Invention of Hysteria: Charcot and the Photographic Iconography of the Salpêtrière.* Cambridge: MIT P, 2003.

Dumas, Alexandre, fils. *La dame aux camélias.* Paris: Livre de Poche, 1956.

Hawthorne, Melanie. *Rachilde and French Women's Authorship: From Decadence to Modernism.* Lincoln: U of Nebraska P, 2001.

Rogers, Nathalie Buchet. *Fictions du scandale: Corps féminin et réalisme romanesque au dix-neuvième siècle*. West Lafayette: Purdue UP, 1998.

Ryersson, Scot D., and Michael Orlando Yaccarino. *Infinite Variety: The Life and Legend of the Marchesa Casati*. New York: Viridian, 1999.

Schwartz, Vanessa R. *Spectacular Realities: Early Mass Culture in Fin-de-Siècle France*. Berkeley: U of California P, 1998.

Shaw, Jennifer. "The Figure of Venus: Rhetoric of the Ideal and the Salon of 1863." *Manifestations of Venus: Art and Sexuality*. Ed. Caroline Arscott and Katie Scott. Manchester: Manchester UP, 2000. 90–108.

Showalter, Elaine. *Sexual Anarchy: Gender and Culture at the Fin de Siècle*. New York: Viking, 1990.

Weil, Kari. "Purebreds and Amazons: Saying Things with Horses in Late-Nineteenth-Century France." *Differences* 11.1 (1999): 1–37.